自滅

尾崎渡作品集

幻戯書房

目次

装　幀　佐藤絵依子
写真・装画　著　者

自滅

尾崎渡作品集

自滅

上京して九年。最早《もはや》細君のような幸葉《さちは》と共に九年になる。私達は、いや、この場合私はというべきか、殊《こと》にこの九年という月日を、無為に、言葉通り無作為に過ごして来たのだった。築五十年弱の安アパートの二階に、よくあの大地震を持ち堪えたともいえるのだが、私達が越して来たのも、その地震の後だった。それこそ、地盤が脆弱なためか、震度一の微弱な地震であってもグワラグワラと揺れるようなボロ家で、此処《ここ》ももう六年になる。そしてそんな中にも、ただ互いに美しい日を立てることを枕にして、そよ風の吹く草原、或《あ》るいはお日様の下に積まれた藁《わら》の上へでも寝転ぶような、そんな温浴な夢想に耽《ふけ》って見たこともあった。そういったことが、考えるに幸葉としてもそうだったろうと思うのだが、惨めな私達の慰めであったのだ。

私が二十八になったばかし、幸葉が確か二十二三の頃に、私達は杉並区の某所へと出て来て、それまでに私が貯めて来た金は五十万足らずだった。洗濯機、掃除機、布団、食器の類いから食べ物、そうした大きなものから細々したものまで買って、二人の生活を始めたのが、これからというものが、そんな風にいろいろなものを支払ったものだから、二月《ふたつき》もしないうちに私の貯金は殆《ほと》んど無くなった。しかし好いた女との初めての同棲、その感慨というものは、私にとっても真に感動的だった。そういったこともあってか、私は若い幸葉にも見栄を張らずには居られなかったものだから、自身の金の尽きることなど、とても言い出すことが出来なかった。幸葉のほうは、私は訊きもしないし、通帳を盗み見るような真似もしなかったが、どうやら幾らかの余裕はあったらしい。が、無論それは私が使える金ではないのだ。幾ら零落《れいらく》しようとも、それくらいの分別はつく。

はじめに私達が住みだした家は、幸葉と交流のあった町医者の持家で、医院の隣りにあった一軒家だった。痩せ型の、見た感じ五十前後だと思うのだが、声の静かで温和そうな、その医者さんの好意で、かなり安く貸してくれた。それがかなり大きな家だった。二階建ての、二階に台所と居間とが繋がっている室《へや》が、大体十五六畳はあったかと思う。それに短い廊下があって南に六畳の室と、北に四畳半、階段を降りて一階は、便所と洗面台と風呂場、玄関伝いに車庫もあった。今の私達から考えるに、余りにも不釣合いな家だったように思う。で、私はその時分までも肉体労働ばかりして来たものだから、わざわざ東京まで来て、このような家にも住むことが出来たのだから、これまでのように身体や人生の時間ばかしを浪費して金を得る、そんな仕事は最早やりたくなかった。が、はたして自分にはどんな仕事が合うだろう？　これは常時付きまとって来た問題なのであった。なるほど、他人と関わって神経を傷めるよりかは一人で居るほうが向いている、確かにそうには違いないのだが、しかし人の喜ぶような仕事こそが自分の報《むく》いにもなる、などとあつかましくも思ってみたりして、やはりそういったことにしても、一等自分の性格に合うことをして、且《か》つ人が喜ぶような仕事こそが自他共に幸福《しあわせ》であるのに違いない、という風にヘンに得心付くのだったが、ここに来て私は、一等好きなことや、興味を惹かれるもの、それどころか一つの特技さえも、これといってないことに気付いてしまうのだった。あれがいいかしら、これがいいかしら、などと淡い想像を凝《こ》らしてみたところで、やはり情熱のない事柄は、漠然とした不安を前に沈み込んでしまう按配《あんばい》だった。つまり本当のところ、私は何もしたくないのだ。何より、何んら覚悟を持ち得ない。生まれながらに体たらく、寝ぼすけ、無責任、といった根っからの弱者なわけなんだ。が、幾らそうした思案に日を暮れさそうが、困窮は着実に迫って来る、この事実からの遁走《とんそう》は不可避なのだ。そして、やはり私は、結局のところは肉体労働を、それも日雇い人足を選ぶほかに道はなかった。――何んの言い訳でもないが、自分としても、そこへ至るまでには随分と奔走《ほんそう》したものだ。彫金師の見習いなるものを確か四五件くらい当って、それが駄目で、それからポスターの制作会社、吉祥寺の印刷屋、神保町の古書店、高円寺の古着屋、中野のレコード屋、三鷹の工場、八王子の工場、どんな馬鹿でも受かると耳にした某社。が、どれもこれも、悉《ことごと》く駄目だった！　面接の返事待ちが一週間、十日、駄目なら駄目で、何故そのときに言ってくれないの！　何か私の行く道は、抗うことの出来ない強い力に働かれて、進むほう進むほうが肉体労働へと押しやられているような気がしてならない。蟻地獄《アリジゴク》の罠に一匹の蟻《アリ》――否《いや》が応《おう》でも、軈《やが》ては力尽きて、捕食されてしまうだろう無慈悲な運命である。これまでの生活を鑑《かんが》みたところで、どうしてそんな惨めな重なりばかり、涙飲まずして澄まして居られようか。こういったことも、やはりどう仕様もない話ではある。幸葉よ、無能な私の行《おこな》いを許せ！……

日雇い人足の、その日暮らしみた生活が二年半――本当に、砂に脚をとられていたような二年半が、あっという間に過ぎて行った。それらの時間はひたすらに有耶無耶《うやむや》で、無論精神の向上なぞ縁遠い、堕落の一途《いっと》だった。日当八千円、そのうちから交通費におよそ千円、朝昼の飯代に千円、煙草や晩酌の缶酎ハイに千円……単純に、一日五千円ほどの余りが出る計算なんだ。が、日雇い人足たるものこればかしはどうにも仕様がないのだが、仕事に有り付くというのも存外大変なものだ。何せ、私みたようなのが沢山居て、僅かな仕事を、それが燕《つばめ》の子ばりに、喧《やかま》しく汚らしく、口を開けて奪い合うといった具合なんだ。私は、金のことでは、人を妬《ねた》まず羨《うらや》まずに居られるが、それが自分のこととなれば話は別で、ただ出入りする金に心を囚《とら》われてばかしで、一日も欠かさず、大学ノートに金の出入りを記した。そんなはたから見てもひどく虚しいようなことが、淋しいばかりの私の心に、少しく充足を与えてくれた。『黒ペンで書いたのが入ったお金……赤ペンで書いたのが出ていったお金……一円、十円、百円……』

そうして稼いだ金も、月々のいろいろな払いを済ませて、これといって欲しいものもなく、それはたまには酒呑みにも行くんだけれども、しかしそんなにして頑張った筈《はず》が、早二年も経て来たというのに、どういうわけだろう、通帳には八万いくら、それが全財産なのであった。その頃のことを思い出すと、やはり忘れっぽい私の記憶にも色濃く残っているのは、屈託に塗《まみ》れた自分の無様《ぶざま》な輪郭や、屈辱的な生活の中にも確かにあった人情、そして若い幸葉の初《うぶ》な愛憐《あいれん》くらいのものであるが、そういったことも最早慣れっこになっているのかしら？　改めて自分を戒めて見ても、やはり嘆息を禁じ得ない。

――何事にも無関心である者、考えることを放棄する者、自分の考え、すなわち他者からの知恵の刷り込みが多分にあるのに違いないが、そういったもの自体に少しく疑いを覚えない者、そんな想像力、観察力に乏しい者を私は馬鹿者だと思うが、それにしても……

そんな或る日、行きつけの呑み屋で知り合った人が仕事を世話してくれて、私は日雇いを辞めることが出来た。が、その仕事もやはり肉体労働だった。本来であれば、一月《ひとつき》ほどのアルバイト、という契約だったのだ。私の当初の計画としては、そこで幾らか稼いで、手元に残る幾らかの金と合わせて、私はまた一から、今度こそは一からの心持で始めて見る心算《つもり》だった。ところが、二週間もするかしないかのうちに、気の好い親方や気の好い職工達から、これからもウチで働きなよ、とそんな風にニコニコ顔していわれてみると、勿論《もちろん》悪い気持なぞ起こる筈もない、それに私の気弱な面も手伝ったのだろうが、思うに、こういった縁や恩なぞは反故《ほご》にしてはならない、水を飲みて源を思う、つまりはそんな風にでも判断したものらしい。が、これまでからしても、やたらと約束を反故にして来たり、無闇《むやみ》に嘘を吐《つ》いて来たり、八方不義理の態《てい》をとって生きて来たような人間なのが、そういったところに鉢合せて見ると、何んだ、恩だ義理だのと似つかわしくない観念が突出して来て、私としても本当に困る。やはりそうしたことも見栄から来るものなのだろうが、悪い癖だ。

そうして世話になってから一年、二年もしようかというちには、あの忌わしい金苦に追われる生活からはすっかり逃れることが出来た。が、これで万々歳といかないところが私の性質で、善《よ》くない癖でもあるのだが、喉元過ぎれば熱さを忘れるといったように、金への苦心がなくなった途端に、感謝の念よりもやはりこういった仕事自体に、こういった仕事をしている自分の足場に、ひどく嫌悪が増すばかりなのである。如何《いか》なる仕事であっても、誇らしく、真面目に、気丈夫に取組むことは大変素晴らしいことだ。これは人生の意義であるとも思う。そして、仕事は楽しくやらなきゃとよく耳にしたことも、全く本当のことだとも思う。だが、彼等はこうした実状の背景にあるもの、そして何より自からの前途に無関心過ぎる！　やはり私には、私のことを何かやらなければならないような気がしてならない。こんな考え自体、悪なのだろうか。どんな仕事であっても、それに従事する者からしてみれば、私の気持なんてものは不真面目なのだろうか。

とはいうものの、結局のところ私は、そうした思惟や精神的な模索からも逃げるようにするばかりで、仕事が済むと酒を呑むばかりして、幸葉は、私の怠惰に怒る。が、これもそれも仕方がないじゃないか。酒の都合じゃないじゃないか。酒は何も悪くない。……

行きつけの呑み屋で呑んで居ると、親方が来る。親方といっても私と六つくらいしか齢が離れてないのだが、全体が土気色して、下膨《しもぶく》れした円顔《まる》の、白髪混じりの短髪で、口髭を一定の長さに刈り込んでいて、ギョロついた眼が平時《いつも》酒で充血している——風貌はそういった、現場仕事に居る人に有り勝ちなのだが、やはり気持の好い優しい人だった。で、夜も十一時十二時まで、毎日毎夜、よく飽きもせず呑んだものだ。親方も、こんな出来の悪い私なんかを抱えて、そんなに儲かって居るとは思えないのだが、大概はご馳走してくれた。そして私の給料も、少しずつ、上げてくれた。そうしたことも、いつかは辞めてしまうだろう私にしてみれば、心苦しいものがあった。あの前歯の欠けたニコニコ顔で、温和な声音《こわね》して、面倒な性格した私にも、いろいろと、聞き役となって合わせてくれる、そんな腹の大きな人なのだ。まだ話の途中だから、いろいろというのは止そうと思うが、私は、あの親方の素晴らしいことを真に思う。こういってしまうのは、どうでも奇麗事になってしまうとも取れるだろうが、やはりこれは私の本心からの言葉だと、自分の良心に誓いたい。

確か、この縁にしても、親方に仕事の世話をしてもらう以前のことだったから、上京して一年ならないくらいの頃だったと思う。無論、金のない時期だったから、この行きつけの呑み屋も、行きつけといえるほどには行ってなかったのだが、二三週間に一度顔を出すか、一月《ひとつき》に一遍くらいか、大体がそれくらいだと思う。使う金も、せいぜい二千円くらいだったかしら。同い年の店主——彼は頭脳明晰で大変な自信家ではあるが、私は好きだ。何分《なにぶん》淡白な感じのするところは所謂《いわゆる》都会人らしくも思うが、齢は若くとも、これも所謂江戸っ子気質とでもいうのだろうか、さっぱりして居て、人情味に富んだ人物である。私には一寸《ちょっと》真似出来ない。その店主の細君も、店主同様、温情豊かな気質の持主で、私が行く度に、林檎や梨や蜜柑や苦瓜なんかを、一つ二つ持たせたりして、幸葉のことも気遣ったりして、お菓子やお煎餅《せんべい》なんかもくれたりする。気の小さい私にして見れば、彼等のような品位ある心の持主は——彼等とて私同様に貧乏なのだ——敬意をもって大変好きだ。その店も、せいぜい十人も入れば、席が埋まってしまう小さな店ではある。が、私が行く時は、大体二三人居るくらいだった。それで、その店の隣りに住んで居る親方もそのうちの一人として、しょっちゅう顔を出すのだった。

店主の幼馴染が私と同じ名前——親方の名前が私の兄と同じ名前——それ以外にはこれといった奇な点もないが、郷里から遠く離れた土地の、偶々《たまたま》這入《はい》った一軒にこういったことがあるというのは、どうして、運命的、宿命的とでも思わざるを得ない。

その年のお盆には、親方が車を出して、私、親方、店主、店主の細君、ほかに店の顔馴染の二三人と、伊豆の河津だかへ、二泊三日のキャンプに行った。とても山奥だったと思うが、段々畑みたく、傾斜を整地してこさえた小さなキャンプ場だった。家族連れが五六組くらい来ていて、樹間に日除けの屋根やハンモックなんかを垂らして、大きなテントの中で寝そべる子供、立派なバーベキューセットで肉を焼いて居る父親、莞爾《にこにこ》してもやはり忙しそうな母親、そういった享楽の光景だった。キャンプ場の横を流れる小川の清流も眼に美しく、冷えた水流に浸した素足がそよそよとそばゆく、そんな河岸の一角で缶ビールやトマトや胡瓜や西瓜を冷やして、私と店の常連客の韓国人のKさんは、岩肌に貼りつく田螺《タニシ》を取って、焼いて食べた。ほかの皆《みん》なは、寄生虫とか病原菌とか、そういったものを気にして、如何にも怪訝《けげん》そうな眼を私とKさんに向けるばかりで、食べなかった。水がきれいなことも関係しているのだろうか、とりわけ臭みもなく、またこりこりした歯応えというのは、所謂貝類の食感であったが、初めての私には何分《なにぶん》新しく感じられた。そうした何粒かを二人で嚙んでいると、そのうちにお喋りなKさんはふと黙り込んで、あたかも懐かしむような、それでいてどこか淋しそうな眼して遠くを見つめている、そんなKさんの表情を視るにつけ、私は幾らか哀憫《あいびん》の情に打たれた。それでKさんの少年時代のことや、国の話をうんうん頷いて聞きながら、他方では『やはり大して旨いものでもないな』といったことも思いながら、余り進まなくなった手で田螺を口に運んだりした。そして日も暮れかかる頃になって、買ってきておいた鶏を丸焼きにすることになったのだが、所謂野性的な調理法で試したかった私達は、そこらで拾った木の枝を鶏のお尻から首の付け根まで突き刺して、それを二人がかりで持って、火の上でくるくる廻しながら、誰かが炭を焚《く》べたりして、それを代わり代わりにやって、焼き上がるまでに四時間、夜の七時くらいから十一時過ぎまでかかった。最早この時分では、誰も食べようとはいわなかった。その後不運にも急な土砂降りにやられて、皆なはテントに避難する。私は親方の車に逃げこんで、後部座席に横になったのだが、確か一時か二時頃だったと思うが、ドアがバッと開いて、逆光線につるんとした宇宙人――そういった人型したのが立って居て、私は、Dさん？　Dさんで？　とそれらしい人かと思って、寝ぼけ眼《まなこ》にいったのだが、返事がない。で、私は二三秒間静止したつるつるの影を凝視して居たのだが、ふと恐ろしくなって来て、ぶつぶつと音のするほど肌に粟《あわ》が立って来て、カッと頭に血が上った。それで私は起き上がるが早いかウオーと叫んで飛びかかっていった。が、それはやはりDさんで、背丈は私よりも低いが日頃から身体を鍛えて居るという屈強なDさんだけあって、私の渾身の突き出しにも、オオ？　といった吃驚《びっくり》の声はあげたが、ブルドーザーのゴムタイヤ――そんなもののように、私の力では一寸びくともしなかった。私はひどく狼狽《ろうばい》した。

――あ！　やはり、Dさんで！

――あ、そうだよ！　吃驚《びっくり》した！

――いや！　僕の方が吃驚《びっくり》したですよ。そりゃア僕は幽霊だか宇宙人だかが僕を攫《さら》いに来た……、そう思ったわけですからね！　いや、それで、いきなり飛びかかってすみませんで。お怪我は……？

――あ、大丈夫だよ！　寝てたところ御免ね！

そんなことを口早に交したのだが、河辺近くに据えたチェアベッドに早い時分から酔っ払って寝ていたDさんは、誰からも起こされずそこに放置されたままだったものだから、すっかり濡れ坊主の態《てい》になってぶるぶる震えて居た。で、私は、私の着替えをDさんに差し出して、後部座席でゆっくり休むことを勧めたのだが、運転席で寝るから大丈夫大丈夫、とDさんは蒼白い顔して、私に気を遣って何遍もいった。

帰り道私達は、来年も此処《ここ》に来ようと誓い合って、愉《たの》しかった思い出と疲労に沈み、帰って行ったのだったが、その来年の三月十一日、あの大きな地震が来た。東京の、私の身辺においても、近所の犬が気狂《きちが》いになって吠える、路地のブロック塀が倒れる、神社の鳥居が崩れる、小さな公園やパーキングには鳩さながらに人が群がる、といった、やはり混沌とした状態だったのである。

そのあくる日の午後、私と幸葉はスーパーへ買出しに行ったのだが、棚の品物は殆んど無くなっていた。私達は埒《らち》もなく店内をうろつき廻って、目当てにしていた玉子もなく、仕方なしに六枚切りの食パンを一つばかし籠《かご》に入れて二人してレジの列に並んだのだが、その私達の前には、私達が買えなかった玉子を十パックも籠に抱えた厭《イヤ》に肥えたババアが居て、如何《いか》に不安心からとは雖《いえど》も、こういった非常の場合なのだから、そんな派手な強欲っぷりは視たくなかった。人の心からいっても、ひどく醜いじゃないか。こういっては何んだが、最悪自分は火事場泥棒でもするような人間です、っていってるようなもんじゃないか。人間の本当――が、人間に本当などと？まあそれも私の了見の及ぶところではないのだけれども、それにしても、聖人君子はちといい過ぎであるにしても、我欲を制し、自分に恥じることのない振舞い、清く在ろうとする姿勢は、そう在りたいと望む気持というものは、人をして一等大切な心持の筈だと思う。つまり、特にこういったときだからこそ誰しもが助け合う、そうした精神、相互扶助なんていうんですか、それを中心に置いて、もしくはそうしたことが、いや、そうあるべきものなんだろうというのが……、私は一体何がいいたいのだろう？　兎《と》に角《かく》、畜生の根性の如《ごと》きはどんな場面であれ無様《ぶざま》だと思う。

その後も連続する余震で心労が祟ったものか、急激に病を重くした大家さん――医者さんの親爺さんが、大地震の十日後くらいに死んだ。私と幸葉は、そういったことから家を追い出されはしないかと、幾分恐々として過ごした。それから数日経った或る日、私達は医者さんのところに香典を渡しに行った。医者さんは、私達を中に招き入れはしなかったが、疲弊した暗い顔付きして出て来て、主に幸葉の方を見るようにして、こういったことになりましたが、どうぞ家の方はそのまま住み続けてくれて構いませんから、といってくれた。やはり私達はホッとした。が、そうして何事もない感じで一年くらい経った頃に、やはり遺産相続の問題で土地を売りに出すことになったから、と幸葉が、近所の路地で医者さんと出くわした際に告げられたらしい。切長《きれなが》の眼を潤ませて、溜息ばかり吐いて、肉付きの良い肩をがっくりと落として帰って来た。私は、そんな惨めな幸葉の様子に、仕方のないことだから、といって慰めたが、やはり私としても、閉口した感じはかなり拭えなかった。

家が見つかるまでは居てもらって構いませんから……敷金の半分はお返ししますから……と、医者さんにしても苦しかったろうと思う。

……　……　……　……　……

まあ彼等には悪かったかな。だが、それも仕方がないじゃないか。第一、彼等には今までだって、相場よりか大分《だいぶ》安く貸してきたのだし、もうこうなったこともいろいろな都合のことなのだし、別に彼等のことが嫌いだからとか気に食わないからとか、そんな私怨の問題でもないわけだから、彼等もいい大人なのだし、此方《こちら》の都合くらい理解してくれるだろう。……しかし、親父が死んだときにこれからも住んでいいなんていった手前、やはり若干気の毒に思わないでもないが。ウウム……、まあ、幸葉さんにばったり会って、いうことはいえたから良かった。……

と、私なら思うわけだが、それは医者さんにしても近からずとも遠からずといった感じで、あながち間違いではないんじゃないかしら。

週に一二度、幸葉はバイトが休みの日ごとに、私達はそれぞれで内見をして廻りながら、それが二ケ月もかかってようやく、条件の合った今のアパートに引っ越すことが決まった。その間《かん》、医者さんは月々の家賃を受け取ろうとしなかった。それは私と幸葉の間においては、医者さんの真心からなのだと思っていた。そのうえ、敷金まで返しますといった当初の約束や、倉庫から出て来た物だけど欲しい物は持って行って良いですからと、引っ越しの一週間程前だったか、レコードプレーヤー付きの旧《ふる》いステレオデッキやら、高価そうな皿やら、屋久杉の徳利《とくり》やら、湯呑みやらと、なんだかんだで二畳分くらいある品物を玄関伝いの車庫へ置いて居てくれたりして、そうした心遣いなんかにしても、本当に有り難かった。私達は宝探しのような気持で、医者さんの不用品の箱を一つ一つ開け、引っ張り出して品定めしたのだが、やはりそれはこれから行くボロ家暮らしには不適当な、バカに大きな伊万里焼の皿であったり、ヘンに大きなワイングラスであったりして、これには二人顔を見合わせての苦笑も禁じ得なかった。

呑み屋の友達夫婦にも手伝ってもらって、今のボロ家へ引っ越した翌日、私達は医者さんに挨拶をしに行った。医者さんも、ようやく胸のつかえと重荷が外れたような、にこやかで、血色の良い顔して、はいはいどうもお元気で、といったのだったが、私達がどうももじもじしてすぐに立ち去らないのを不審に思ってか、徐々に表情が曇り出した。やはり二月《ふたつき》以上前にした約束は、どうやら忘れてしまって居たようだった。それでも私達は——いや、この場合私個人はというべきか、それを一時《いっとき》も忘れず、貧乏ゆえに、当てにしていたのだ。で、私は前に立つ幸葉の背中を肘《ひじ》で突っついた。——

私は医者さんに今更、詐欺師、盗っ人、性根の腐った乞食野郎、そんな暴言を吐かれようとも、忸怩《じくじ》たる思いで受けとるほかない。

私がこの時分と引けを取らないほど貧しく、また幸葉のような女の存在もなかった、おそらく十九か二十、そのくらいの年頃だったと思うが、そんな若かりし頃の、ひどく臆病で、が自意識は過剰で、無知ゆえにひどく不粋《ぶすい》であった頃、死にかけの禿鷹《ハゲタカ》みたいな奴と、友人だったFの女から、陰口を叩かれて居たらしい。ひどい話ではある。もし、私がその女に手ひどい仕打ちをしたり、私の無意識で、女の顔をべろべろ舐めていたりしたのなら、そんな文句の一つでも浮かびそうなものであるが、そうではない。仮令《たとえ》、幾らそうであったにせよ、いって良いことと悪いこと、私の眼の届かぬところで、そんな悪いことをいって良い道理はない。そんな、死にかけの禿鷹だなんて比喩……貴殿は死にかけの禿鷹なんて見たことがあるか！　私としては、Ｆの女も、友人の彼女という存在なのだから、それこそＦ同様に友情を感じて居るつもりだったのだ。だから女が、Ｆに対して、私や、他に二三居る友達のことを悪い仲間と見ていて、案外好いて居ないようなことも、――Ｆを含めた三四人で集まって、夜な夜な仕様もないことを話して笑い合っているような最中にも、女はＦに電話をかけて来て、貴方《アンタ》いつまでそこに居る気、さっさと家に帰れ、なぞといって、Ｆを束縛している様子していたのだから――わかっていたつもりではある。が、他の友人等と比べても、私とＦの女は沢山会話もして来たし、Ｆと女と私の三人切りで遠出もした、食事にも行った、私の冗談なんかにしても、沢山沢山笑ってくれて居たではないか！が、そういった女の陰口を、二三の友人の中のＳという友達が、私がＳの家に遊びに行った折に知らせてくれたのだが、そのＳも、私に同情して憤慨する様子でもなく、面白い話だから報告してやろうといった感じでもなく、ただその時は下卑た印象を与える顔付きして、私にいったのだった。私は、横っ面をバチンバチンと打叩かれたような、間もなくグワーンッと卒倒しそうな眩暈《めまい》がして来て、そうなると最早泣き出したくもなって来て、しばらくの間は無言で、Ｓが便所に立った折に逃げるように庭の方から出て、帰って行った。Ｆ、Ｆの女、Ｓ――私は、友人だと思って居た奴等から、死にかけの禿鷹――そんな風に虚仮《こけ》にされて居たのだと、明瞭《めいりよう》教えられた感じだった。どれだけ、あの時分における私の、ひどく単純で、絹のように繊細だった神経を滅《め》茶滅茶《ちゃめちゃ》にされたか。救いようのない話ではある、が、それもこれも今ともなれば、私の姿勢に問題があったのかしら……

――それで何んですが、えと、前に敷金の半分を返すという話だったものですから、その、それを頂きたく思ってもいるのですが……

と、私に背後から促された幸葉は、一寸気が引ける思いはしていても物怖《ものお》じしないといった女らしい図太さで、口を開いた。医者さんはそれまでの半笑いみた笑顔を真顔に変じて、玄関に立つ私達の背後の方――そこに何か怨めしいものでも見えたのか――を見据えるように鋭い眼光を発した。その黙然たる医者さんの様子は、暫時私を緊張させた。

――そうですか。生憎《あいにく》、今すぐは持ち合わせてませんね。それに私としましても、引っ越しまでの家賃を考慮して頂かなかったわけですからね。まア、はい、わかりました。用意しておきますので明日以降取りにいらしてください。それでは。

医者さんの手が玄関扉を静かに引いて、戸が閉まった。私の鼓膜には、かなり重たい響きに聴こえた。

医者さんの言い分、自分等の言い分、それは屹度《きっと》、どちらも間違ってはない筈なんだ。が、医者さんの家賃免除をのめのめと受けていたにもかかわらず、手前勝手にそれが医者さんの誠意であるかのように決定《きめ》付けていた私のほうに何分《なにぶん》非があるような気がしてならない。これは幸葉の名誉のためにいっておきたいのだが、敷金は返すという約束だからと散々いって聞かせたのは私で、断じて彼女の真意ではないんだ。

で、幸葉は、もう私は医者さんのところに金を貰いになんて行きたくないといって、その翌日の朝十時、私が金を受け取りに行ったのだったが、医者さんは一向に顔を出さず、その代わり、お手伝いさんらしい初老の婦人が出て来て、「一寸《ちょっと》お上がりになってください。お金を取りに、とのことですよね？　ええ、聞いておりますよ、用意して来ますからお上がりになってくださいな」といって婦人は中へ引っこんで行った。私はこの、「家に上がる」なんてのは用意していなかった気持であったから、幾分狼狽《ろうばい》して、すっかり委縮する様子して、玄関から入ってすぐの、居間のソファに座って待った。小窓から差しこむ陽の光が、薄暗い室内で当惑している私の眼のやり場の、卓上の新聞紙の上にまばゆく落ちていた。間もなく婦人が来た。こちらで間違いありませんか、そういって茶封筒を渡してくれた。のみならず、お茶とお茶菓子まで出してくれた。婦人は柔和に、中を確認してくださいそういわれたが、図々《ずうずう》しく金を貰いに行っといて何んだが、私には封筒を開けて見るような真似は出来なかった。

——畜生の根性……火事場泥棒……人間の本当とは——

こういったことからしても、幸葉と、幸葉だからと立派な家を安く貸してくれた医者さんとの縁は、結局のところ、なし崩し的に千切《ちぎ》れてしまったのだった。私と関わったことからして決定付けられたような、彼等のいろいろな不運を思うと、私は、自分ながらに、自分で自分の頸《くび》を締め上げてやりたくなって来る。

引っ越したのが七月、親方に仕事を世話してもらったのがその年の九月、それから六年が経ったわけだが、親方のところは四年程で辞めたのだった。寒い十二月三日の、浅草でのことだった。世話になってからそれまでの年月、そしてその日の出来事、ここまで書いて来て、大体の因は私自身にある問題なんだと、そんなふうに推察出来るだろうが、確かにその通りとも認めざるを得ないが、さりとて全ての因なんというものは須《すべか》らく絡み合って居て、善の悪のは天秤秤《てんびんばかり》にかけて見れば済むといった、そんな単純さは持ち合せて居ない筈だ。どちらか一方が正義——正義なんて言葉にしても、偏《かたよ》ったものじゃないか、余りにも抽象的なものでしかないじゃないか。が、それとしても、あくまでも私は、自分の悪因悪果を自己本位的に庇《かば》うつもりなんかは無論ないのだ。しかしそれといって、馬鹿のふうけのと罵《ののし》って見捨てるだけの固執《こしつ》した考え——やはりそれとしても、屹度《きっと》私は弱者と呼ばれる類《たぐ》いの人間なのだから、そんな固執してばかりの考え方はいけないと思う。

ただ私は、私のもっとも悪因ともいうべき、憎むべき習慣、それに伴う精神を、ただ後々になって悔いるばかりである。そのことで疎遠になった人達のことを思うと遣《や》り切れない思いのするばかりである。が、それも今や四十に近くなった私なんだ、最早仕方がないというほかないじゃないか。悉《ことごと》く、悪因を祓《はら》う機があったのをみすみす逃して来てしまった、呪われた末路なんだ。

誰彼《だれかれ》にしたところで、一寸そうしたことにも向き合わないか、一様《いちよう》に開き直りでもして居なければ、尋常では居られなくなってしまうと思う。が、そんな尋常なんてものも、または異常であるのに違いないんじゃないか。人間の本当とは？――しかし、やはり私の気掛かりは幸葉である。

幸葉は我慢強い女だ。そして不幸な女である。まだ世間知らずであった二十二三の時分に私と連れ立って、それが最早三十一にもなって、顔の小皺も増えて、肌の張りも薄れて、若白髪で、生え際の白髪が目立つようになった今でも、無責任な私を好いてくれ、いつかの夢を、安息した家庭の生活を、理想の念頭に置いているような哀れな女である。幸葉よ、お前には打ち明けることが出来ないが、私には、最早そういった生活を成す力はない。狡猾《こうかつ》な性質、傷みやすい虚弱な神経、背に貼り付いた運命、そういったことからしても、とても辿りつくことのできない途《みち》だ。そしてそんな運命を克服しようと思う精力が、抗おうとする気力が、いろいろのことからいっても、私には最早ないのだ。九年前の時分、確かに私としても、幸葉と同じような心持だったことは、嘘でない。が、それも今や不明のものだ。結局のところ、一寸の地位、一寸の誉《ほま》れ、一寸の財、そうしたものを勝ち得る素質、才覚、運、どれ一つとして有さない自分だ。そんな諸々《もろもろ》を諦《てい》観《かん》しているような私に最後の救いがあるとするならば、やはりそれは生物としての死以外にはあり得ないのだろうとも思っているのだ。

幾ら幸葉の幸福《しあわせ》を思ったことか。その都度《つど》別離するほかにないと思ったことか。それが私の自己中心性のことからだとしても、最善の策だと思って来たのだ。が、やはり私にはそれすらも出来ない。

遠縁三部作

行方

白濁した空の高いところを二羽の小鳥が遊覧している。自分は憂《うれ》う。如何なる想念が斯《か》くも自分を感傷の渦《うず》へ引き込もうとするのかと思索しながら。小鳥はじきに森の影へ潜る。聳《そび》える要塞の如き重厚な杉の森へ。何んと色彩乏しき郷里の森、圧する山々の陰鬱なる様《さま》よ。

稜線の裏手から僅かばかし突出した風力発電のプロペラが緩々《ゆるゆる》と回転している。自分は何やら釈然としない気持でこれを眺め、あれは何時《いっ》出来たものだったろうかと独語した。

そのとき自分は、三匹のぼうふらが空に喰い付いて居るのを見出した。そして白い背景を前に判然《はっきり》現れたのを意識的に右へ左へと泳がせてみた。それは意向よりか幾分遅れたところで付いて来た。しかしやはりその中には自分の意志の通わないのが一匹混《まじ》って居た。自分はその小癪な一匹に焦点を合わせて意のままにしようと努めた。すると思いがけないことには、その一匹の周辺に小さな星が五つばかしもあったのだった。星は必ずその一匹を軸にして移動するらしかった。

自分はいつしかこの天体を追うことに熱心した。確かにそれは無為な遊戯といって相違なかった。が、またそうしたことが暫時《しばし》自分を憂鬱から遠ざけてくれた。

いずれそういったことにも飽いて来ると、自分の意識は肉体の上へと戻って来た。そして一つ小さな吐息を吐いて、少しばかり、この郷里の想い出を手繰《たぐ》りに散歩しようと思い立った。そうした意識の復旧から、ぼうふらは姿を消した。後には切れ間のない曇り空の一面が、あるべきところに定着した。自分は視線を下げた。正面には雑木林の区画があった。それから左手の方向へと身体《からだ》を向きなおそうとした。がその刹那に、自分は愕然《がくぜん》として鋭く眼を瞠《みは》らなければならなかった。憂鬱は先廻りしている！　鬱蒼とした雑木林の暗《やみ》の中で浮き立っている寒椿の花頭が、ぽとりぽとり落下する！

自分は或る閃《ひらめ》きに顔がこわばっていくのを自覚した。またしても同じところへ戻って来てしまった！　一体いつまでそこを周回し続けるのだろうか……。

杉、山毛欅《やまぶな》、椎木《しいのき》、滅茶苦茶《めちゃくちゃ》に束縛するかずら——絞め殺しの樹——いつだったか、奈良の友人が自分の育てているガジュマルの名称をそのようにいったことがあったが。

人気《ひとけ》のない、暗い団地と面した空白ばかりの駐車場の脇道に、瀬音は間断ない響きを立てている。徐々に近づいて行くにつれて、その音の層の変化していくのを自分は意識した。東の方角から山を降りて来る木枯らしは耳元で唸り、また近くの木々のかさつきは瀬音の響きと混《まじ》り合って、度々森《たびたび》の奥のほうからは枝の折れる音がした。自分は南西の方角へと歩いていた。風は背後から吹き付けていた。その鋭い冷気は自分の露出した皮膚に打ち当たり、襟首辺りの地肌を執拗に舐めていた。

これにどうかするとすぐに風邪を引くといった虚弱体質の自分は、この場合も嫌な予感に肩を四角にすぼめ、固く握った拳を上着のポケットから腹部に押し当てるようにねじり込むと、重心を前のめりに傾けた。自ずと視界に映る景色は、交互に見え隠れする靴先と、その周囲をスクロールして行くアスファルトばかりになった。

そこかしこに凸凹の丘を作り、無尽に亀裂の入った隙間という隙間からは、茅草が逞《たくま》しい生命を覗かせている。その脇の側溝の縁《へり》に溜まった土砂や、敷石のめくり上がったところなんかからは、歯朶《しだ》やら蓬《よもぎ》やらこんもりとした苔《こけ》やらが著《いちじる》しく噴き出して、それに側溝の中からも緑は上を向いて飛び出している。自分は咽喉《のど》に押しつけていた顎《あご》を少しく上げた。

白粉の吹いた外灯の胴――切り株にされた街路樹――雑草に占領された花壇――枯れ草の横たわる広場――片方だけの色褪せた子供のサンダル――錆色した小さな滑り台――滅茶苦茶に倒れたままの自転車、散乱したゴムチューブ――。

それ等は自分の眼前に言葉なく横たわっているものだった。そして――何もかもが億劫、何もかもが仕方のないこと、そういった田舎の人の諦念と気怠さを、自分はこの現状に思わせられた。――しかし、それは堕落とは別のものだ、このような頽廃もまた自然の姿、或る運動による物の生い立ちなのだ。そうしていつかは自然の力に完全に圧されて、新たな形の自然が？　それも自分の生きている間のことでないだろうが、しかし、それもこれも結局は、一切が自分とは無関係なものとなるのだ！　そうだ、何もかも、無に帰すのみだ。摂理！　摂理によって！――

間もなく路は行き止まった。高さ百五十センチ、横幅二メートル弱の鉄柵が、自分の正面にはあった。その左右を金網のフェンスが地形の形状に沿って並んでいた。先は大小さまざまな木が隈《くま》なく生い茂っていた。所々を木に圧されて、フェンスは緩やかな弓なりに傾いていた。かの鉄柵は全体が赤黒く錆《さ》びて、左右に二本しかない支柱の左側に至っては、殆んど腐朽《ふきゅう》していた。その傘の骨とでもいったような形式ばかしが、ようよう柵としての役目をしているようだった。自分は、いつかの時分に見た、水色のペンキが艶々《つやつや》と眼に映えていた頃を思い出した。そして直ちにノスタルジックな気持になって、現在の自分、年甲斐もなく燻《くすぶ》ったままでいる、この四十年弱という歳月をそこへ照らし合せて見ると、やはり同情めいたものを懐《いだ》かずには居れなかった。

かの時分、自分等はよくここを乗り越えて行ったものだった。当時、直下は細い木々の茂る崖になっていて、鉄柵の支柱に結んであったロープを摑んで、斜めに伸びた幹や太めの枝に足をかけながら、凡《およ》そ地面と腹ばいになる格好で崖下にある川岸へと降りて行く。自分の兄、それから団地の友達なんかは、初手からこれを平然とやってのけたものだったが、高所恐怖症で、且《か》つ人一倍臆病者だった自分は、彼等の後ろをついて行くばかしで、その様子を眺めていることしか出来なかった。――かの時分、兄は自分の世界の先駆者だった――するとあるとき、兄やその周囲の年長の友達なんかが、自分等小さい友達のために、斜面の土を削って、足の置き場を作ってくれた。そして兄は自分に、「ここはこう、ここはこう」と手足の指導をしてくれた。

　自分は柵の上部へと手を掛けた。それは掴むというよりか寧《むし》ろ添えたといったほうが正しかった。それからこれに体重をかけないように爪先立ちの脚に力を込めて、幾分柵の前方へと身体を乗り出した。

　この小川にしても、自分が小学生の頃までは、よく友達と釣りをした想い出深いところなのだ。鮠《はや》、鮒《ふな》、鯉《こい》、鯊《はぜ》、仕掛けの蟹籠《かにかご》に入った藻屑蟹《もくずがに》。茶褐色に輝く竹竿を自分は肩に担《かつ》いで、細い魚肉ソーセージを半ズボンのポケットに入れて、同じ団地の友達と、この遊びを、この景色を、かの意志をも、共有していたと思う。少年等の甲《かん》高い声は小川の一面に、近傍の一帯に反響して、躍動する頭上に陽光はまばゆく照り輝いて、また、その色味を変えながら流れて行った。そうだ、あれは、水面に煌《きら》めく梢《こずえ》が、沢のせせらぎが、岩肌に留まるとんぼが、光る銀の鱗《うろこ》が、燃える夕日、橙《だいだい》に赤に紫に染まる浮雲、飛行機雲、隊列を組んで飛翔する渡り鳥や、森へ帰るカラスの鳴声が——嗚呼《ああ》！　それ等はなんと鮮明に、なんと繊細に、自分の記憶の眼や耳に美しく留《とど》まって居たことだろう！

　しかし、日々よ！　それは我《われ》知らずして美化された想い出に外《ほか》ならないのだろうか？

　険しかった筈の崖はその高さをせいぜい二メートル程の傾斜にして、無造作に拡がった枝葉は大人になった自分の視界に縁《ふち》をつくり、そこから覗き得るもの、余りに拙《つたな》く這い廻るかずらの、崩れ落ちた苔生《こけむ》す岩の、落葉積もる浅瀬は死んだように澱《よど》み、横たわる錆色した空き缶、岩肌に張り付く切れ切れのポリ袋、そして最早《もはや》暗緑色した水の底には一尾の魚の姿も見えず、只々《ただただ》暗いばかりの、なんと哀れに朽ちた郷里の自然よ！　嗚呼、そうだ、郷里の自然！　思えば、未だ自分の意識は少年の中より出立《しゅったつ》することなく、友、母、この郷里の山河《さんが》、この郷里の風に、親愛なる思慕《しぼ》を送って来た！　送って来た！　が、しかし自分はあの頃、川向こうの枝に釣り糸が引っかかったからといって、祖父の形見であった筈の大切な竹竿をいとも簡単に打《う》っ棄《ちゃ》ってしまったのではなかったか？　あれは首を吊ったようなかたちして、枝に垂れ下がった祖父の竹竿――それを自分は、「仕方ない」といった言葉一つで諦めて行ってしまったのではなかったか！　仕方ない！　仕方ない！……そうだ！　仕方がない外《ほか》ないじゃないか、この移ろいの何もかもが！

そのようなことが次々に思いだされて来ると、自分は愈々《いよいよ》悄然とした。そして今度は冷たい向かい風を正面《まとも》に受けながら、しかめ面して元来《もと》た路を引き返して行った。……

平成二十七年十一月二十二日　M・R　三十三才――墓石の側面にはこのように彫られてあった。その右隣りに、M・O　六十五才とある。この人物を自分は知らないが、平成二十三年と彫られてあるのからしてM・Rの伯父さんだろうと思う。

「あれ、もう五年だっけ？　まだ三年くらいかと思ってた……」

自分は墓石に刻まれたMの年齢をまじまじと見つめて、今の自分の年齢と逆算するようにして考えて見たが――もっともこの数は正しいのではあるが――いささか腑《ふ》に落ちない感じがした。

二度の離婚と三度の結婚、はじめの妻との間に子供が二人、二番目の妻との間にも二人、それで三度目の結婚をした二三ヶ月後に、彼は事故で死んだのだった。自分はそのうちの二番目の妻との結婚式に呼ばれただけだった。あれは二十五六の夏時分だったと思う。そして二十七になるかならないかの一月頃に郷里を離れた自分は、それから彼と会わないのだ。

缶ビールは空いたのが一本、缶コーヒーは四本、自分はアサヒの小さいのを、そこに並べて置いた。昨年はこういった供えがもっと少なかった。誰が置いたものかは知らないが、今でもこうして墓参りに来ている人がいることを知って、自分は幾らか安心する気持がした。

Mよ――自分は何を語りかけるでもなく手を合わせた。彼は自分の小中学校の同級生で、同じ長屋造りのような団地の一室に住む、幼なじみの一人だった。

人と人のみならず、人の趣向なんてものは、やはり波長の合うものに惹かれたり、引きつけ合ったりするものらしい。ことに子供といえども、この点は本能的とでもいうべきか、物心のつく時分には十分形成されているように思う。つまり自分がここでいいたいことは、Mと自分は、幾ら近所に住んでいるとはいっても、本来お互いに日頃から好んで遊ぶような仲ではなかった。自分にはKという、今でも連絡を取り合うような好いている友達が居て、そのKも同じ団地に住む幼なじみなんだが、そのKが、Mの家族とは遠い親戚だかなんだか、そんなことを聞いたことがあるような気もするのだが、それに田舎というところはそういった家族間の、近しい親族同士が互いの子供の面倒を見合うといったところもあって、Kは、MやMの二つ上のお姉さんなんかとよく一緒に居ることがあった。それで自分は、Kのところへ遊びに行くのが、即《すなわ》ちMの家に行く感じにもなって、遊ぶようになったわけだったのだ。もしKの存在がここになかったなら、確かに自分等は「友達」の間柄にはならなかっただろうと思う。

そのMの家の小さな庭の隅に、それは風呂場越しで、壁面にボイラーが設置してある場所なんだが、青色のトタン囲いで一畳あるかないかの小屋が建ててあった。自分は一度だけその中に入ったことがあった。入ってすぐのベニヤを敷いた床の上に、生簀《いけす》を模《も》した大きなタライが据えてあって、先の川で釣ったと思《おぼ》しき鯉であったり、数疋《ひき》の藻屑蟹《もくずがに》なんかが、これも泥抜きのためだと聞いたが、その中に入れられていた。三方の棚にはスコップやら長ぐつやらの、土工の道具なんかが収まっていた。そこに先の川に仕掛けられているものと同じ蟹籠もあった。

通夜と葬式併《あわ》せて三百人――受付をした友人のFがこの人数を勘定したらしいが、もっともこの田舎で、それだけの人が参列したということは、Mの家族――両親や姉さんや、離婚した妻なんかにしても、Mがこれほどに慕われていたという事実に驚かれたんじゃないかしら。こういっては不適切なのかも知れないが、しかし自分の素直な気持からいっても、その点ではMも幸福だったんじゃないかと思う。高校を卒業してからの彼の新しい交友方面のことは、全然《まるで》知りもしないが、しかし自分の知っている限りのことでいえば、彼は陰口を吐くような小胆な男でなく、いつも快活で、それに自分のような正体不明の根暗な人間なんかとも、垣根を拵《こしら》えない明朗《めいろう》さがあった。そんな彼の人好きな交際振りを思えば、自分はその参列の数にいささかの不思議もない。到底、自分には無理な話だ。

「あのさ、Mが死んだよ。……うん、バイクに乗っとって、車とぶつかったって。今、俺も病院に居るけど、本当ついさっきよ、息引き取ったのが。……それで、これから通夜とか葬式とか、まだ日にちがいつになるか一寸《ちょっと》わからんけど……、まあ、そのときは俺も色々手伝おうと思ってるけど……、それで、お前は東京で、遠いからさ、それにこんな急なことでもあるし、お前の都合もあるだろうから、無理して帰って来なくても大丈夫だから……。一応お前には言っておかなきゃって思って……。一応そんな話……」

丁度Kから電話の掛かって来た時分、自分は、かの二年間の貧乏生活にも連れ添って来た幸葉《さちは》と、本当に久しぶりに、食べ放題の安しゃぶしゃぶを晩飯につまんでいたときだった。暖簾《のれん》のような赤色の垂れ幕に仕切られた半個室の席を立って、細い通路を二三歩行ったところで、自分はこの電話に応じていたのだが、場所が場所なだけに、スラッと背の高い、あだ名らしいヘンな名札を胸に付けたホールの青年やら、茶髪の髷を一つに結った学生らしい娘やらが忙《せわ》しなく自分の眼前を往来して、それに近卓からはやけに甲《かん》高い男の談笑する声だったり、先の娘の注文の受け答えなんかもバカに潑溂としていて、兎《と》に角《かく》そういったことからも、Kの心情を察するまでに至らなかった。それで、自分はやはりKに「そう……」というほか充《あ》てる言葉がなかった。

「どうしたの?」

席に戻ると、幸葉は自分の顔を見ていった。

「いや、Kからだった。友達がね、幸《さ》っちゃんは知らない友達なんだけどね、ついさっき死んだっていう電話だった。事故らしいね……。詳しく聞いてないから、よくわからんけど。

……いや、どこでかは訊いてないから知らんけどね。

……いや、バイクだって。

……いや、だからバイクに乗ってたほうだよ。相手?　車だって。

……そんな、どっちが先かは知らんよ。年齢?　誰の?　相手?　知らんよ。

……いやね、相手がどうなったとかも訊いてないから知らんって……」

と、自分はこんなふうに一々答えてもいたのだが、この通り幸葉の質問というのは何んだか詰問じみていて、少なくとも、自分は取調べ然と受け取っていて、気分が暗く害されて来た。それで、もうこの話をするのもイヤになって、これは無意識に違いないのだが、自分は一寸うなずくような感じで小刻みに揺れながら、黙然として、鍋の縁《ふち》に纏《まつ》わりついた白茶色の灰汁《あく》を見詰めていた。いうなればこの狭い空間では外《ほか》に眼の置き場がなかったからであった。そのように沈黙することで自分はこの憂鬱な気分を直しにかかろうとしていたのだ。

が、ここにも先刻《さっき》から絶えず聞こえて来る、ヘンに気持の悪い、甲高《かん》い声した男の、それは自分の座席の右斜め前の卓に居る、二人組の男のうちの一人なんだが、それが恥も外聞も知らぬような大きな声して、自分の女々しい恋愛観をうだうだ語っているのが耳について来た。それにもう一人の奴にしたところで、オウムとでもいったように「ンー」などとヤケに低音《バス》の効いた相槌を連呼する。カアア！　自分はそんなの一寸《ちっと》も聞きたかないんだ！　が、荒れた神経のささくれには些細《ささい》な糸屑《いとくず》でも引っかかるといって、それがチクチクチクチクと鼓膜を刺激して来て、ひどく堪らなかった。ましてや、それだけじゃないのだ、自分の背後の卓では、胡散臭い金儲けのハナシしている山師みたのまで居る。自分は神経過敏といわれても、勿論そうだと思う。しかしこの場合にしても、寝よう寝ようと思えば余計に眠れなくなるほどに、自分の神経はこういった雑音に無茶苦茶に攪拌《かくはん》された。自分は胸懐《きょうかい》で舌打ちした。

こんな浮ついた吐息の充満する不潔な空間で、自分はこうした貧乏くさい奴等と同じになって、幸葉にMの死の話をする？　馬鹿馬鹿しい！　そんな下劣なのは自分の感性の許すところでない！　そういった気持だったのだ。

が、幾ら自分がそう思っていたところで、これが幸葉に伝わるわけはなかったのだ。つまりこうしてみると、この気分のことにしても、やはり説明しなかった自分が全体悪いとは思う。しかし幸葉の奴ときては、自分のこの沈黙をどう思ったものか、これに戸惑ったものか、それとも本能的に静粛を恐れたものか、それは自分にはさっぱりわからないことなんだが、兎も角幸葉としては、自分と会話がしたかったのだと思う。しかしそれにしても、自分の虫の居所が悪いところを、三歳児の子供でもあるまいに、何んだかんだとMの死について訊いて来るのだ。自分はこれに愈々《いよいよ》我慢ならなくなって、もういいじゃないかと哀願するような気持で、幸葉の顔を睨みつけた。ところが、幸葉としてはこの自分の態度が大変気に入らなかったらしい。

「何よ、せっかく久しぶりに食事しに来てるっていうのに、何んで、何んか知んないけど、そんな急に不機嫌になったりするの？　私が何かいった？　ねえ、私が何かいった？　え、何？　別に不機嫌じゃないって？　いや、おかしいじゃない、見ればわかるもん。何んかさ、私はいっつも楽しく話したいって思ってるのに、すぐそんなふうにするんだから、全然楽しくない……」

自分の眼をじっと見据えて、これも幸葉が気に食わないときに見せる癖で、左の目蓋《まぶた》をぴくぴく痙攣させながらそういうと、ふいと視線を落とし、食べかけの入った小皿をぞんざいに卓へと置いた。その乱暴な音は自分の神経をさらに引っ掻《か》いた。

「何んだよ！　そんなこと俺の知ったことじゃないじゃないか！　大体、Mが死んだなんてことにしても、こんなところで話すようなことじゃないって思ったから、こうやって黙っているんじゃないか！　え！　こんな、わけわからんキャッキャキャキャッキャした奴等ばっかり居るようなところでする話じゃないんだ！　ウウ……？　一体ねエ、俺がどんな気持で居るか、とか、どんなことを考えてるもんか、とか、そんなことは、少しは君、考え給《たま》えよ！　大体、君は俺と長いこと一緒に居るくせして、もう何年になる？　そんなふうに思ってるだろうから今はそっとしておこうだとか、え、何んだ、人の気持を汲む、いや、汲めとはいわんけどね、察するくらいのことはいい加減出来ても良さそうなもんじゃないか！　どうしてそれが出来ないもんかねえ。一向に学習しない！　君って奴は、君って奴は！」

と、自分は怒気が喉元まで出かかったところで！　それが臓腑《ぞうふ》に酒が入ってなかったこともあって、そうともすれば、こうした醜態《しゅうたい》を衆人環視のもとに晒《さら》してしまうことになるとも思って、自分は無理に、気持を口の中頭の中に押し込めた。つまり自分の神経質な、気弱で、頗《すこぶ》る体面にこだわる性質に抑制されたというわけなんだ。するとこれと対照的に素直な肉体は即座に反応を示して来る。つまり顔はカッカ、眼はショボショボ、こめかみ辺りはギュウギュウと圧迫された。ズーンと重たい暗鬱が、眼前に判然《はっきり》意識された。窮屈な胸は太息を求めた。そうして自分は呼吸の狭《せば》まる感じしながらそっとお玉を手に取ると、幸葉の不貞腐《ふてくさ》れた陰気な面《ツラ》と、ブクブクいいながら汚らしく鍋の縁《ふち》に張り付いていく灰汁《あく》を交互に見遣《みや》って、幾度も幾度もお玉で灰汁《それ》を掬《すく》い上げては、小皿の縁《へり》に忌々しく打ちつけるを繰り返した。

そんな態度のまま、自分等は早々に店を出ると、互いに一寸距離をとって、喧騒な街中を暗く黙りこくって、同じ住処《すみか》へと帰って行った。自分の後ろを、歩き方の悪い幸葉は、靴の踵《かかと》を擦《こす》り擦りしてついて来ていた。その乾いた音のいじらしさったらなかった。何もかもが不幸といった、ひどく惨めな、うら悲しい感じだった。

せっかく出かけて行った食事だったのに……自分はその日もつまらない労働をして来たのだ、これが憩いの晩飯になる筈だったのだ、それがどうしてこうなるのかしら。これも身から出た錆《さび》、そういわれても反論の余地もないが、やはり自分としても嘆息を否めない気持だ。

二十三時を過ぎてから、自分はいつものように独り冷たい万年床に就《つ》いた。

木造二階建ての、北側に位置する四畳半は、平時から陽が入らないために、夜は一段と寒かった。そしてその室《へや》の小さな窓に、もとより据え付けられている壊れた窓用エアコンからは、常時隙間風が入って来た。

自分はそうした冷気になかなか寝付けそうにもなかった。それにやはりMの死が――Mは過去の友人といって相違ないが、数多《あまた》の記憶を断片的に、鮮明なかたちで投影した！――自分の意識を冴えさせていた。しかしこの際もそれは悲しみといった感傷的なものでなく、寧《むし》ろ人の運命や天命といった類《たぐい》についてのものだった。

「人生はプラスマイナスゼロ……、だったら、Mは？　Mの人生は？　子供を四人遺《のこ》して、それでもうMは、自身の運命を全《まっと》うした？　果たしてそうなのかしら？　既《すで》に天運を使い果たしていた、なんてことが、真実《ほんと》にあるのかしら。死というものは、こんな不意打ちに、予期していないところから、思いもよらないところから……。Mよ、安らかに眠れよ。

俺は以前、いや、今でも大して変わっちゃいないけど、別に長生きなんて望んでもない、それよりは簡潔に終わりたいもんだ、なんて、そんなふうに思っても居たけれど……、フン、それが今では、こんなよくわからん齢《とし》にもなって、それで未だこうしてずるずると生きてる。てことは、俺はMと違って、まだ人生を全《まっと》うしてないってこと？　確かにそうなのか知らん、現に何ひとつも遺してないんだから。Mは子を遺した、俺はずるずるずるずる、一体、今まで何して来た？何んでもかんでも中途にほっぽり出して、何もしてないようなもんじゃないか。——太く短く、生きるか、細く長く生きるか……か。俺は、未だ後者というわけだ」

自分は、自分の不甲斐なさをさびしく思った。無論これまでの人生を顧みても、要所要所ではひどくもがき苦しんで、死に近づこうとしたことだって存分にあったのだ。それがどうにか生きて来れたのだろうそんな自分の人生なんてものも、こうしてみると、詰まるところは冗長《じょうちょう》な煩悶《わずらい》に、せいぜい懊悩《おうのう》していたくらいのものなのかしら。自分にはそう思えて来てならなかった。その事実、のうのうとその場しのぎの連続で過ぎて行っただけの、反省のない怠惰《たいだ》だったのかも知れない。

走り去ったMよ……

それから自分は、いつかの会話の節々を、小学校、中学校、高校時分と、彼と過ごした懐かしい日々のことを、特段色濃く印象に残ることばかりだが、場面場面、飛び飛びに、「あれは馬鹿だったなア」と可笑《おか》しなのもあったりはしたけれど、やはりそんなものよりも詫《わ》びたいようなことばかしが一層多く思い出されて来て、自分はそうした一つ一つを回想するにつけ、しみじみと心細く感じた。またそうしたものは手繰《たぐ》れば手繰るほど出てきた。それは自省の寂しさでもあったのだろうか？　それともやはり死んだのだという印象が強いことから惹起《じゃっき》されたものだったのだろうか。自分は布団の中で身を硬くしながら、依然としてまとまりのつかない頭脳に、種々《いろいろ》なことを考えさせられていた。そして先刻《さつき》の電話越しに聴いたKの震え声が、判然思い出された。

「お前はこういったときには帰って来るよな？　こういったときに帰って来ないなんてことをするような、そんな薄情な奴じゃないよな？」

思い返してみると、そのようなニュアンスが含まれていた気がしないでもなかった。Kの悲嘆は想像するに容易《たやす》かった。そのようなことが自分の神経を暗く圧迫した。

「そうか……、Kはそんなふうに一寸《ちよつと》は思っていたか知れない……。どうする？　明日……、遅くても明後日にでも帰れば、葬式くらいには間に合う？　Kも俺が帰ったら幾らか安心したりするかしら？　でも、もし泣き出したものなら、俺そんなKの顔は見るに堪えないなァ……。それとも、案外あっけらかんとしていたりして。それで、俺も帰って来たからこの際だからって、集まった奴等で『きっとあいつは湿っぽいのなんて嫌いだろうから、あいつのためにも、ここは皆《みん》なで賑やかに送り出してあげようじゃないか！　さあさあ、酒を持って！　Mに献杯を！』なんてことを誰かが言い出したりして、呑みが始まるかな……？」

などと、そのようなことが一寸想像のうえに上って来ると、自分はすぐさま頭を振るようにしてこれを断ち切って、「チッ、馬鹿々々しいッ！」とそういった低俗な妄想の浮かぶ自分の馬鹿さ加減にひどく嫌気がさした。

ふと、普段よりも居室が明るいのに気がついた。血の気のない、死のように青白い光りだった。

横臥《おうが》する床《とこ》の上からぼんやりと眼を傾けてその発光元を手繰っていくと、レースのカーテンの掛かる窓硝子《ガラス》の先に、真白い月が浮んでいた。満月に近いような、大きめの丸い月だった。

こうした月夜に死ぬ……。自分は漠然とそう思った。

このときと同じような月を、その青い水のように冷淡な月光を、自分は以前にも眺めたことがあるのだ。そして最早終ってしまった彼等の人生が、種々に自分を助けてくれていたことを、その都度その都度で慰められて来たことを、その瞬間明瞭に思い出すと、自分は、絶えず胸懐へ吹き込んで来る秋風のような、喩《たと》えようのない切なさを感じずには居れなかった。……

結婚式の友人代表で三度の祝辞を読んだKが、今度は帰らぬ人となったMの弔辞を読む……親しみのある地黒の顔を蒼白にして、その優しさに富む眼縁《まぶち》を厚ぼったく腫《は》らして、暗い色の唇や、読む手や咽喉《のど》を震わしながら、声涙倶《せいるいとも》に下《くだ》る思いで弔辞を読みあげるKの、自分にはその傷ましい姿が心に及ぶ。

とうとう自分はMの葬式に行かなかった。行かなかった！　許せ、K！　許せ、Mよ……。行けなかったんじゃない、行かなかったんだ。こういったものは、敢えていうべきものじゃないのかも知れないが、自分にとって死は、最早特別のことではないんだ。如何《いか》なる死であったにせよ、それは誰の上にも等しくあるものだ、そんなこと当たり前だというかも知れないが、自分はそんな当たり前のことを、達観するでも楽観するでもなく、考えるのだ。そんな自分が、もし仮にKよ、君より先に死んだからといって、どうか悲嘆しないでくれ。自分が見知りする誰よりも心優しいKよ、もしものときは、あいつはどこぞの旅にでも出て元気にやっているんだろうくらいに思って、気を病むことのないようにして居てくれ……


「またな、M……また来る……」

うす曇りの日中に揺蕩《たゆた》う線香の香りは、どこか侘《わび》しい懐かしさを自分に感じさせた。そして、Mの霊魂の所在があるとするのなら、それはきっとこんな墓前ではないような気がする、自分は離れ際にそんなことを思いながら、彼の墓を背に『また』と心の中で寂しく呟いた。


生家の隣りにある公園――とは名ばかりの小広場から、建ち並ぶ生家と同じ造りの団地群を眺めて、自分は寂しい溜息を吐いた。

ここからはMの家も望むことが出来る、公園の東側が自分の生家のある一棟で、その北側、公園からは北北東にあるのがMの家の棟である。Kの家は公園の北側の棟の奥の奥、つまり公園からいうと三棟先に位置するところだから、無論見えない。

その公園の北側の棟は、この場合自分の真正面にあたる棟だが、全六室あるうちの角々《かどかど》の二室だけはまだ人が住んでいるようだが、いずれも暗い色のカーテンで閉ざされ、廃屋さながらの陰鬱さである。そしてがらんどうとなっている四室も、これから新しい風を入れることもなく、その中は只々《ただただ》暗かった。自分はいまこの角《かど》の二室に住む人がどこの誰で、どういう家族なんだか、名前すらも知らないのだ。確か、自分が十五六の頃までは、自分の生家に近いほうの角に二学年下の女子の家族が住んで居て、もう一つのほうには小学生くらいの男児の居る家族が住んで居たのだが、しかしあの人達は、本当はいつ越してしまったのだろう。越して行ったことは間違いないのだが、それで、今住んでいる家族は、いつここに越して来たのだろう。そもそもが家族なんだろうか？――そういったことも、自分の記憶からは欠けているのだった。

「あそこは樋之口《ひのぐち》のおばちゃんち……今は老人ホームに行った？　病院？　それとも死んじまったのかしら？　何しろもう年だったろうから……。その隣りは森山が保育園まで居て、そのあとは……誰だっけ、誰が入ったんだっけかな、誰も入らなかったのかしら？……で、あそこが金柑の木の植わってたところで、確か婆さんが一人で住んでて……名前は？　鈴木？　斎藤？　何んだっけ、もう忘れちゃった……」

あれだけ居た友達も、皆な煙のように消えて行った。その彼等も今となっては、この団地が生家だったことすらも忘れてしまっているだろうか。自分は足元に柔らかく盛り上がっている土塊《つちくれ》を靴の先で平《なら》した。

今ではこんな雑草まみれの見窄《みすぼ》らしいこの小広場も、もっとも自分等の小さい時分には公園らしくもあって、回転遊具や、ブランコや、滑り台やジャングルジム、それにシーソーに、砂場なんかも、一応はあった。それが老朽化ということで、一台また一台と撤去されていって、仕舞《しま》いには、砂場も草に覆われている始末なのだ。こんなところに、子供の声の響く筈もなかろう！

風はいつでも同じように吹き行く。この場合も同じだった。それは寂しすぎる！　自分は生家のほうへと頸《くび》を廻した。玄関前の小路《こみち》に、母の白い軽自動車が停まっている。

「お母さんはずっとここに居るから……」

自分は再びその言葉を聴いた気がした。

およそ十年前――自分が東京へ発つ間際に、母はそう呟いた。そのときの母の声音の抑揚に自分は動揺した。『どうか私を見捨てないでおくれね』そんな母の底意を聴いた感じだったから。自分は何も答え得なかった。が、やはりそれというものが、胸のしこりになっているのは明瞭《あきらか》だった。のみならず、自分が東京で足掻《あが》いているときほど、不意に思い出されたりするのだった。その時々で自分は、いかに母を蔑《ないがし》ろにして来たかと、暗然とした気持になった。が、しかし自分は、やはり眼を背けている外《ほか》にないのだ。余りにも無責任、余りにも冷酷な薄情者――そう自明したところで、この先もきっと、母が死ぬまで、逃げ廻っている外ないのだとも思う。自分には愛がない？　身も蓋《ふた》もない話だ。しかし自分は、この郷里、友や母までも、どうして距離を隔てていなければ、本当の意味で彼等を愛することが出来ない！　何んと浅ましい、さもしい自分だろう。「仕方ない」「そうだ、仕方がないことだ！　これが、お前が歩いて来た道なんだから！」

あと何度、自分はここへ帰って来るだろう。十二月三十日の帰郷、元日には齢下《としした》の友達のTが初詣に連れて行ってくれて、一月四日は兄の厄払いでKやFも来て集まったが、十一日もあった自分の滞在期間が残り二日となっても、もう誰からの連絡もないのだった。折角《せっかく》こうして帰って来ても、自分は東京の家に居ても出来るようなことばかりして、道中持ち運んで来たストリンドベリの『或る魂の発展』を布団の中でまた読み直したりしても、当然そこには心安まるものは記されていなかった。

皆なそれぞれに家庭、妻や子供なんかを持って、まだ持たない友達にしても、生活に重心を置いて、忙しいのだと思う。そんな中旧友が帰って来たからといって、一体それがどうしたというのだ。自分にしたところで、気にも留めていなかったが、齢《とし》を重ねる毎《ごと》に、感興も感動も、水に溶かしたようにぼやけて来た始末なのだ。彼等も年だから——殊《こと》に逼塞《ひっそく》した田舎の生活は、年を取るのが早いから——休息が必要なのだ。

公園の南側のフェンスの一寸先で壁のように聳《そび》え重なる陰気な杉の木々を上へ上へと眼でなぞって行って、丁度白と黒の境界のたなびくところを無感興な気持で眺めていると——自分は最早部外者なのだ——そういったことが静かに胸の裡《うち》へ降りて来たりした。

自分は深く吐息した。その白くけぶる太息は上空に一番近い木々の天辺《てっぺん》に打ちつけられた。未だに持て余す漠然とした不安——やるせなさ——疎外感——母、郷里、この三月には取り壊されるという生家——人生の覚悟、味気なさ——

「家に帰って、一寸《ちょっと》横になろう……」

自分はすっかり挫折した人のように暗く疲れていた。

そして、この土地が親しみのないところへ成り行くのを冷めた心持に感じながら、ここで暮していたことまでも虚夢的だったような懐郷《かいきょう》の思いで、暗鬱な上空に溶けゆく白い吐息を眼で追いかけた。

同行二人

二十五六の頃まで起居していた生家の自室の床の上で横たわり読書していると、隔《へだ》つ壁の向こうより母が私の名を呼ぶのである。このとき母は齢《よわい》六十七才、がその声音は五十の時分と何ら変わりのないものであった。

母は元来《もと》よりおてんばな、といえばその声質もわかるとおり潑剌《はつらつ》、甲《かん》も強いほうではあったが、それが更に二十余年の介護職勤めで一入《ひとしお》鍛えられたと見え、此頃ではそこに自身の耳の衰えも加担しているらしい、全く大変な声量である。

私は寝転んだなりで返事をするが、これも毎度のこと、彼女の耳には届いていない模様。足音はどしどし近づく、名前は今一度声高《こわだか》に呼ばれる、私は舌打ちするとともに頁《ページ》を閉じて起き直り、母の到着を待った。

室《へや》の前まで来た母は二三鋭く戸を叩くと、またも飼い犬でも呼ぶみたく鷹揚な声して、私の名を唱えながら戸を開けた。

「ああ、居た居た。何んね、電燈《でんき》もつけんで」と私の顔を見つけるなりいつもの文句。

「居るよ、何?」と私はつっけんどんに返す。

「いや、ご飯はどうするのかねって思っただけど……。どうする? 今日はK君と食べに行く? でも、K君の車なかったから居ないんじゃないかね? 婆ちゃんちに行ってるか、どこか行ってるか、忙しくしてるよ。そぉヨ、みんな忙しいよ、多分K君も婆ちゃんちに行ってるんじゃない?」と何やら引っ掛かりのある言い方である。

「ああ、電話ないからそうなんじゃないかね」

「じゃあ家で食べるね。お母さん買い物に行ってくるから」

「ああ、あんまり食べんから、いっぱい買ってこんでよ」と私は母の買い癖を心配して注意した、母はその色味のない太い顔を莞爾《にっこり》して「もう、あんたはいッつもそう言って、フフフン。いっぱい食べなきゃ。お母さんが若い頃はいっぱい食べてたわよ。まだ若いんだからいっぱい食べなきゃヨ」とこれもいつもの文句を嬉々《きき》と吐きつつ戸を閉めた。閉める間際《まぎわ》にあの母の懐かしい整髪料の匂いが、微かに鼻腔を掠《かす》めていった。

　本の面積に慣れていた私の眼は、今や六畳間の室内へ拡がった。ひっそりと忍び這入《い》っている薄闇に、日没の近いことを知る。室《へや》の四辺や物の背後に、寂寞《じゃくまく》は暗い影にくっついている、何を聴くでもない耳をそのうえに重ねると、四囲《あたり》を取り巻くのはささら流れる森閑である。これも生家では平時《いつも》通りであるといってよい。慣れ親しんだ静寂だ。ただ違うのは……、私は窓のある東のほうへ頸《くび》を廻して、磨《す》り硝子《ガラス》の先の暗灰色した画面に見入りつつ、静かな長嘆息を吐いた。

「やはり私は馬鹿だ……」

殊更《ことさら》らしく「私は」なぞとつぶやいてみたところで、自分の真意は図りかねた。何故といえば、第一に私は多感敏感ゆえに馬鹿でない。本当の馬鹿であれば、自分のことを馬鹿とは思わないほど鈍感な筈《はず》なんだ。しかし、自分のことを馬鹿だと思って居ない者ほど、愚か者であるともいうが？　いや、しかし、私よりも馬鹿というのは居て……。いや、ウン、マァ……、私が馬鹿であろうが馬鹿でなかろうが、この際判然《はっきり》すべき問題でない！

マアつまりだね、先《せん》に私の口から出た馬鹿とは、心のどこかで多分に期待していたために口をついて出た言葉であったのだ。帰省に伴《ともな》って訪れるであろう心境の変化であったり、旧友との再会で来る筈の快楽も然《しか》り、またこれまでは見向きして来なかった郷里近郊を探索してみたいといった、充実する筈だった時間を想像するに任せて、期待を込めて帰って来たのだ。けれども事実はただ悶々《もんもん》と静かなる時のうえである。というのも、つい先日まで私は風邪を拗《こじ》らせてしまっていたのである。それはそれとしても、例年によれば「おお！　帰って来たね？　何してる？　忙しい？　ア、忙しくない？　じゃア何処《どこ》か行く？　それか家《うち》にでも来てゆっくりする？」なぞと誘い文句の友二人三人ある筈が、今年に限りそれも音沙汰無しといった具合なんだ。じゃア自分から連絡すればいいじゃないか？　結構！　私の言い分としてはだね、それも色々と遠慮して

（私は昔から気ィ遣いなんだから）敢えて連絡しなかった私もそらァ悪かろうが、しかし私は電話の掛かって来るのを心待ちにして、何処へも行かなかったわけなんだ。付け加えるとだね。つまりそうしたことから単に落胆しているといったわけなのであった。

そうこうと思念を巡らすうち、私はピンと閃いた。

（なるほどね、エピクテトスのいう通りだ。自分の外へ求めているからこうなったんだ。もう手前勝手に期待するのはよせよ。思い返せば、いつだってこんな結果になって来たじゃないか。それでこんな気持になってるなんて……無意味じゃないか、馬鹿馬鹿しいじゃないか！　よし、もう来年は帰らない、それでいいじゃないか……）なぞと得心がいったところで、やはり自分の女々しい観念は暗い嘆息を運んで来た。

母は午後五時半頃に帰って来た。妹が私を呼びに来た。エアコンの暖気《だんき》の満ちる居間の卓に、大皿の刺身、御節《おせち》の余り、雑煮《ぞうに》の余り、かまぼこ、玉子焼き、輪切りのトマト、蒸し野菜、雑煮の中に餅もあるが米も炊いてある。室《へや》に似合わず一畳分くらいはある卓上も狭しとこの混雑具合。この場に坐《ざ》するは私のほかに、帰省した父と妹及び妹の子、それに家主なる母である。

父はこの時分七十三、未だ東京の下町に独り暮らして土砂の運搬業務をしている由《よし》、確かに土木関係と聞けば身体を動かす仕事であるから肉体も衰えず、この齢《とし》であっても活気に満ち、筋骨隆々、加えて頑強な髭の風貌と豪快な笑声、との念を懐《いだ》く人の一人二人居るかも知れないが、事実は車で土砂を運搬するだけなのでそうでない。背低く、肩丸く、すっかり禿《は》げ上がった頭に、しょぼしょぼした顔付き、眼付き、口付きは、如何《いか》にもこれ老人といったところ。ところどころシミの浮き出た禿げ頭のてっぺんに、小豆《あずき》大の黒子《ほくろ》。これ不思議なこともあるもんだと私はその黒子《ほくろ》を眺める、何故なら、彼から遺伝した私の禿げ頭にも同じ箇所に黒子《ほくろ》があるので！

父は私が坐《ざ》するのを見るやどこか他人行儀にキョトキョトして「ン、ン」と口籠《くちご》もるように箸を手渡して来た。

「これも食べる？」横から私の皿に野菜をよそうは妹。妹の子は未だ一才満たず。下ろし立ての毛布のうえで、口を天に開き眠っている。その無防備なる様子からは天啓《てんけい》の暗示を知らさるるの如《ごと》く、即《すなわ》ちこれ「安息」の意なり。

ところで、孫というものは余程《よほど》可愛く映るものらしい。というのもこの老父、久しく会わなかった母や妹や私なんかと生活事情を論《ろん》ずるよりも、孫の顔ばかし覗《のぞ》き込んでいる。声といわず喘《あえ》ぎといわず漏《も》れ出している嘆息はどうだ、莞爾《かんじ》としてその感情の肴《さかな》といった様子している。反対に母は家族の並ぶこと稀《まれ》なる家にて、一時《いっとき》も落ち着こうとせず、その感情の顕《あらわ》すところ欣々然《きんきんぜん》として、さながら昂奮した犬が尾を振り廻す如《ごと》くといったもの。少し食べて卓に空《あ》きができると直《す》ぐに次ぎの物、もう要《い》らんよという私の意見も何んのその、台所と居間を行ったり来たり。座ったかと思えば束《つか》の間《ま》で立ち上がり、その床踏む音地響《じひび》きの如し、その声音《こわね》の抑揚たるや鍋底《なべぞこ》をお玉で叩かんばかり。

これには妹の子起床《きしょう》、眼開《めひら》き戸惑うてまた硬く眼瞑《めつむ》り、泣き狂うのも一心不乱の態《てい》である。

「もう。そんな大きな声出《だ》さんでよ」と母に注意するは妹。

「そうだよ、大きな声出《だ》すから」と嗄《しわが》れ声でいうは老父。

並んで私も叱責《しっせき》に加わる。

これにも母は一向《いっこう》に頓着《とんちゃく》なしの構え、小走りに孫へ近寄ると「ごめんごめん、ごめんってェ、あらあらァ、ごめんねェSくん、そんな泣かない、ネ！　どうしたねェ！　ホラ！　おもちゃ！　ブーブーよ！　違う？　違う？　わかった！　バァバがゲンコツ山のタヌキさん歌うよ〜！　ゲンコツ山のォタヌキさん〜、オッパイ飲んでェネンネしてェ〜、あッち向いてコッち向いてまッたッ明日ッ！　また明日、たッ！　あらッ、泣き止《や》まん！　ホラ、ジィジも！　もう一回ッ、ゲンコツ山の〜」と始めるのである。

私は早々に自室へ戻るや、冷気の沁《し》む羽毛布団の上へ卒倒《そっとう》せんばかりに身を投げた。母の笑声、父の感声、赤ん坊の泣き声が、渦潮《うずしお》のように壁向こうより轟《とどろ》いて、さながら祭りの賑やかさで、耳朶《じだ》へ触れて来る。間もなく私は息苦しさを覚えて深く吐息した。重ねてまたくだらない思念を性懲《しょうこ》りもなく巡らして、直《ただ》ちに憂鬱のほうへと顔を向けるのであった。そうしたことから他方の賑やかなる声はやがて小さくなり、私の内なる声が益々《ますます》肥大していく。

――あれも幸福――憂鬱なる私も結局のところは幸福――だが壁のこちら側と向こう側のように、幸福といえども隔《へだ》たりのある幸福だ。そして向こう側の幸福は、私にも同じ幸福を希求するように出来ている。

そうした観念が、私の頸《くび》を絞めて来るような感じがしてならなかった。

「……仕事がどうとか、彼女がどうとか、結婚だとか、子供が何んたらとか、それが何んだっていうんだ。それしかいうことがないのか！　どうしてそんな、誰かが鋳造したもののようなことばかし、誰《だれ》も彼《かれ》も口を開けば唱《とな》えて来て、何んだよ、十人十色？　ほぼほぼ似通《にかよ》ったような色じゃないか。

そんなことしか考えに上《のぼ》って来ないなんてことこそが、俺に言わせたら不幸なんだ！　いや、或《あ》る意味幸福か？　馬鹿馬鹿しい！　人生はそんなところにだけ集約されるようなもんじゃないじゃないか！　俺がそちら側の幸福に入るのを希望して、『ようこそ、こちら側へ！』とでもいいたいのかしら？　それともただの世間話のつもりで、そんな詰《つ》まらんことをいうのかしら？　マァ俺の行末《ゆくすえ》の心配からなんだろうけど、それこそ余計なお世話なんだ。そんな心配の感情くらいは理解できンこともないが、その意図するところがさっぱりわからんのだよ俺には。姿形《すがたかたち》が似ていても、同じ巣穴で育って来ても、いってしまえば俺は穴熊《あなぐま》で、狸《たぬき》じゃないんだ！　狸らしく振舞《ふるま》うなんてことができるわけないじゃないか！

あんな風に、赤ン坊が可愛いといった情感なんかにしても、別に否定する気なんかないけどもね、妹は自分の子なだけに一入《ひとしお》なのも、理解――？　マァそんなところなんだろうなァと、腑《ふ》に落ちないわけじゃアないんだ。どうしてあの元来子供嫌いだった兄にしても、自分の子を持てばそんな感じになったんだから。が、どうだろう！　それは一体どういった感情の働きなんだろう！　自分の理解の範疇《はんちゅう》を超えてることなのかしら？　どうして、俺にはどれほど考えてみても、それが誰の子であろうと、犬猫を見るのと何んら変わるところがない！

　しかしそういったならば大体の答えはこうだ、それはお前が子を持たないからわからないのだ、とこう来る。確かに一理はある、が、俺には犬猫同様それを手元に欲しくもなければ、いくら想像を凝《こ》らしてみたところで、可愛い可愛いと嬲《なぶ》り廻すようなそんな子供じみた純愛を自分がふとこる姿なんて、一寸《ちっと》も連想することができない！　アア！　何んて詰《つ》まらないこと！　何んて詰《つ》まらないこと！」

　なぞと、屈託した青春時代を過ごして来た自室にあっては、反抗期さながらの観念が年甲斐もなく呼び覚まされて来て、悪口の気焔《きえん》は盛《さか》んに燃え上がるといった感じで、私は打《ぶ》つける当てのない呪詛《じゅそ》を胸中へ吐き捨てていたが、それも段々と自分の邪気に居堪《いたたま》れなくなって来ると、「煙草！　煙草だ！」と思い出したように室《へや》の窓から外へ飛び出した。

　外気はしとしと寒々《さむざむ》として、天空望むもそこは星影《ほしかげ》一点もなければ無論月影朧《おぼろ》にも現《あらわ》れず、暗雲重く垂れ込める外景を縁取《ふちど》るように、木影、森影、山影と重なり合う黒い影は、無情にも寂《せき》として漠《ばく》とした様相を醸《かも》している。唯一低い、西の山の中腹辺りで隠微《いんび》に光るはパチンコ屋である。それも十年前までは判然煌々《こうこう》として見えた灯光も今日《こんにち》ではすっかり林の裏へ廻り、茫漠《ぼうばく》と景気の悪い光りを湛《たた》えている。

ここは団地の中といえども空家《あきや》多く、見渡す限り、室内の電燈灯《とも》るは二三ばかり。その二三にしても、外景よろしくひっそり閑《かん》として、衣擦《きぬ》れの音など以《もっ》ての外《ほか》、生活音一つ感じとることができ兼《か》ねる塩梅《あんばい》である。私はそうした夜闇《よやみ》に浮かぶ白煙をやたらと四方へ吹き散らしてその静寂を破り、また眼でその行方《ゆくえ》を追った。

なおも顔肌手肌に触れる冷気は針の如《ごと》く、一寸風でも吹けば刃の如く。東京より大分《だいぶ》西に位置するこの郷里といえども南国と想像するは東方《とうほう》の人ばかり、というのも甚《はなは》だ山多きゆえ極めて天候定《き》まり難《がた》く、特段冬場などは滅多に晴れる日もなければ雪の降るのも珍しからず、晴れれば晴れたで一面霜《しも》も降りるしといったように、冬の特色を忘れないのである。

自《おの》ずと私の身体《からだ》は上下に揺れ動きだした、息遣いも細《こま》かに震えて、カチカチ歯と歯も触《ふ》れて来た。堪《たま》りかねて寝間着《ねまき》ズボンのポッケに手を捻《ね》じ込むとそのまま下着越しに金玉の下へ滑らせて（男なら大抵知る通りここは幾分暖かいのである）、煙草は唇に咥《くわ》えたままポッポポッポッポ盛《さか》んに吹かしていたものの、次第に煙り眼に沁《し》み鼻に着《つ》く、もう要《い》らんと右手の指で摘《つま》んだところ、どういう理由《わけ》やらフィルターと下唇が接着している！　針のかかった魚の気持！　焦《あせ》るべからず、私は利口ゆえこうした場合にどうすればよいかを熟知しているのはいうまでもないこと、即ち舌先を使って接着面をペロペロ舐め舐め、氷を溶かすようにすればよいのだ。そして機の熟したところを見計《みはか》らって徐々に徐々にと引剝《ひきは》がして行ったつもりが意に反する事態、薄皮ベロリと捲《めく》れてしまう！　私は忌々《いまいま》しく舌打ちするを禁じ得なかった……。

室《へや》へ戻るなりすぐに布団の上へ横臥《おうが》すると、眼前《めのまえ》には壁に掛けられた褐色の菅笠《すげがさ》があった。それを眺めるにつけ私の思案に映る景色は是非もなくあの時分に限られた。

――同行二人　迷故三界城　悟故十方空　本来無東西　何処有南北――

「迷うが故《ゆえ》に三界は城、悟るが故に十方は空、本来東西なぞ無く、何処に南北の有らんや……」

それは二〇〇七年の四月一日から、正味三十七日間、今なお忘れ難《がた》い記憶である。

無論それといったところで、記憶力にはかなり欠陥《けっかん》のある私だから、一から十どころか一から六すら覚えているというのも、一寸怪《あや》しいわけなんだが、マァそういってしまうと元《もと》も子もないんだが、そうした点から見て記憶のすり替わりや着色されたところが多分にあると仮定しても、あのときどきの心持から見た、あのときの朝方、あのときの夕陽、あのときの夜道、あのときの花の道すがら、あのときの風雨、あのとき僅《わず》かながらも触れ合った人々のこと、あのときの落涙、あのときの清々《すがすが》しい心持に抱いた信仰の片鱗《へんりん》、慈愛《じあい》と感謝の念を、私はいつまでも、心底忘るることなく、却《かえ》って月日を重ねる毎《ごと》にその彩色の増すことと信ずる。人にはそうした経験の少なからずあるものである。そして人はそうした経験の境《さかい》に自我の変革を知るものである。

私は横になったまま、うたた寝する如く微睡《まどろ》みの中を彷徨《さまよ》い、この心地好い記憶の途《みち》をほのぼの辿《たど》り、またもう一度行きたいなアと軽《かろ》い夢想に身を沈めていた。あの時分私は二十四五、これも後《あと》になって知ったことだが、男の厄年時分とのこと――次ぎ行くときはまたの厄年時分、四十一二かなと愉《たの》しげな念もぽつぽつ起こったりした。……

二〇〇七年四月一日の午前七時、私は例に倣《なら》って四国は徳島の霊山寺《りょうぜんじ》からこれを始めたのであった。

前日の夕暮れ時分から降り出した静かなる細雨《さいう》は朝まだきに止《や》み、その後《ご》春の日差し明々《あかあか》と照り、燦々《さんさん》と我等が許《もと》へ降り注《そそ》いだ。春の風、雲の流れの速ければ、地上《した》吹くは轟々《ごうごう》と音凄《すさ》まじく、路《みち》の茅草菜《かやくさ》の花傾《かたむ》き、木々の枝葉規則の如《ごと》く回転している。高き葉影に残る露《つゆ》の、雨滴さながらに頬《ほほ》を打つに、私は空を仰《あお》ぎ意気揚々とこの始まりを祝した。

仰げば枝葉の隙に見る木漏《こも》れ日は宝石といわんばかりに煌《きら》めいてあり、下葉《したくさ》更にその光りを集め、折々《おりおり》に垣間《かいま》見る山桜の趣《おもむき》は夢か現《うつつ》か、深緑の中で幻想的な浮き彫りを呈《てい》す絵画の如くある。また黒曜石みたく艶々《つやつや》としたアスファルトは往々《おうおう》にして銀の光りで以《もっ》て我が眼を眩《くら》まし、また木《こ》漏《も》れ日の下では可憐に水玉模様の光りが揺らぎ、そこへ山桜の彩やかな花弁の印《いん》するを眼《ま》の当たりにするともなれば、これ人の感興の起こりを妨《さまた》げ得るものはないであろう。

山路深ければその感慨は格別なものである。自分ばかりの路《みち》において、その静謐《せいひつ》その寂寥《せきりょう》といえども、その眼に豊富な景観のもたらす気概の前では問題となる筈もない。

ハテ霊山寺を出て山路へ入るとは、順に行けばあくる日の朝になる筈であるが、私は自分の性質の例に倣《なら》って逆打《さかう》ちをしているので、三番札所から順路を逸《そ》れ、大坂峠で第一の山路になるのである。よってこれは午前の話、午後一番の話である。

ときは日暮れ近くになった。私はまだ山路に居た。歩けども歩けども慣れぬ脚には彼方《かなた》遠き行《こう》程《てい》、いずれも坂路《さかみち》、右に民家表れしも限りなく人気《ひとけ》のない草臥《くたび》れた古屋《ふるおく》ばかしが、百メートル二百メートル置きに一軒ずつ、その奥は暗い林。左は至って田畠《たはた》の段々、その奥も暗い林。我《われ》行く路《みち》は幅狭《はばせま》き車すれ違うのもやっとといった蛇《へび》の路《みち》、無論見通しきかず先は暗林。

私の身体《からだ》は最早《もはや》脚を引き摺るまでに衰《おとろ》弱えて、先《せん》の愉快にほこらしげな感じはどこへやら、今日の寝床を探す気力にも欠けているのであった。山間《やまあい》に日没早く、あと二三十分もしたならば暗き森影《もりかげ》更に深まり、闇に沈み込むのが予想された。私はそうしたことが殊更《ことさら》死の影でもあるかのように、恐ろしくてならなかった。

気概なくした日にあっては、その静謐その寂寥が人に不安を与えない道理はない。斯《か》かるとき斯かる場合、人は孤独を前にして自《みず》からの無力を感ずるであろう、私に現れたこの漠然たる恐怖心も所謂《いわゆる》孤独のもたらす性質であった。しかしそれは私の幼児性によるものでもあったのだろう。と、

「もう歩けない！　カアアッ、もう無理だよ！　無理！」

私は立ち止まるが早いか背の荷を滑り下ろして、その場に寝転がった。即ちこれ道路の端《はし》である。五十メートル乃至《ないし》百メートル程《ほど》戻りさえすれば、極《ご》く小さなバス停小屋があったのだが、そこ

にしようかとも通りがけに見つけたときには思ったのだが、まだもう少しという考えが不可《いけ》なかった。最早そこまで戻る力が私にはなかったのだ、精魂尽き果てるとはこのことらしい。

未だ風強く、視界に映るには狭き限りの上空に、濃い雲の怪しく拡がっている。

私は辺りを見廻してみて、田圃《たんぼ》の畦《あぜ》を路の下に見下ろしながら、ここに居るよりかはそこへ移動するが安全かと一寸閃《ひらめ》いたものの、やはりそこはマムシの寝床やも知れんと思えばまた賭《か》けでもあり、ましてやこれは不法侵入なるもの、よもや怪しき奴と巡査でも駆けつけようものなら寝ぼけ眼《まなこ》に眩《まばゆ》きライト突きつけられ、あれこれ素性を取調べた後《のち》叱責されるだけならまだしも、最悪は御同行願いますで交番まで運ばれる始末と思えば畦道に寝るのは得策ならず、ならばどうするが得策だと考えるも良案《りょうあん》まるで浮かんでこない。

「アア！　知るか知るか知るか！　もう、どうとでもなれ、だ！」

頭のところにあるリュックから寝袋を取り外した私は、最早何もかもが腹立たしく破れかぶれの態《てい》で、それを広げるが早いかすっぽり中へ入り込んで眼を閉じた。

するとほどなくして、

「お遍路さんや……？　お遍路さんや……？」

眼《め》開いて見れば我が隣りに人の気あり、頭動かし仰《あお》ぎ見れば元農夫らしき小さい老人が立って居る。

「どうしましたお遍路さんや？……」

「いえ、どうもしません。ただ疲れてしまったのでここでこうして寝ておるのです」

「あれま、宿取っとらんのですか？……」

「そうです、取っとらんのです……」

「何んてマア……。それかてここは危ない、車に轢《ひ》かれてしまう、危ない！　お遍路さんが倒れとるから具合でも悪いンか思うたんですが、こんなとこで寝とったら危ないですゾ。そら、寝るンならそこの、田圃《たんぼ》の畦《あぜ》にでも行きなさい、ここよりは安心じゃろうて……」

ですネ、と私は老人の忠言により許可を得た心算《つもり》で、これに従い移動した。若草の絨毯《じゅうたん》といったように見えた畦《あぜ》というのも、実際のところは小石多く、盛り上がる土塊《つちくれ》なんかで横たわるには全然適《まるでてき》さぬものだったが、ひどく疲労していた私の身体《からだ》は、すぐさま深い眠りの淵《ふち》へと意識を誘《いざな》った。……


ところが、暗《くら》闇い中に眼を醒《さ》ました私は飛び起きんばかしに慌てて荷支度を済ますと、駆け出すように歩き出した。何んてこと！　何んて仕打ち！　雨が降って来たのである、それも昨夜の霧雨でない、ホンマもんの雨である。携帯電話の時刻を確認すると午後十時半とある。

外灯少なき森の路は一寸先が闇、相変わらずに風はうねり、大群の鳥の羽ばたきに見るような突拍子《とっぴょうし》もない樹林の騒《ざわ》めきにびくびくさせられ、上から横から或《あ》いは下からの雨粒にびしょびしょになりながら、私はどこぞの家屋に灯《あか》りの点《つ》いていないかとばかし気を巡らした。しかし山林の路ゆえに甚《はなは》だ家屋少なく、歩く先に漸《ようや》く一二軒現れしも、夜分なれば古屋《ふるおく》一層闇との調和を測《はか》る如く、全く森閑《しんかん》として、私はそれを眺める都度《つど》泣きたくもなり、また過度の落胆も禁じ得なかった。

雨音は激しさを増すばかり。木々を打ち、木葉《このは》を打ち、足下のアスファルトを打ち、家屋のトタンを打ち、私の頭、顔、肩、胸、背のリュックを打つ。頻《しき》りに聴こえるは以上のものであるが、そこに一際《ひときわ》強く響く音あり。それ即ち、握る杖のアスファルトを打つ音、杖についた鈴の尖《とが》った音色！ つまり人工的なものは私自身からのみ奏《かな》でられる、これは何んという不気味さであろう！ そんなことを意識した途端《とたん》に、背後に何者かが居る気配がするのである！ これは何んという不気味さであろう！

先《せん》までの脚の痛みはどこへやら、無理に身体《からだ》に鞭《むち》打つよりも気持先行しているらしく、足を弛《ゆる》めることなぞ以《もっ》ての外《ほか》、一服でもと立ち止まるなぞ思いの外《ほか》！ 私は殆《ほと》んど泣きっ面《つら》で歩いた。

暫《しばら》くして高台に一件の家屋現れ、室《へや》の灯《あか》り親しげに点《とも》っている。しめた！ と思うも時刻確認してみれば既《すで》に日付変わって午前の一時。これには幾ら馬鹿な私でも気が引けてしまってすぐさま行動に移すことが出来ない、何故というまでもないじゃないか、こんな時間に訪ねる者のあろう筈がないじゃないか！

私は仕方なしと自分の願望を抑えつけ、その家の前を通り過ぎた。が幾らか歩《あゆ》みを運ぶうちに、やはり自制の枷《かせ》よりも雨しのぎを所望する念のほうが強く、また立ち止まり、その家屋を顧《かえり》みて暫時《しばし》ぶつぶつと思案を口辺《くちべ》に唱えていたが、気持強く家屋の前へ戻って来た。玄関へ行きがけに庭のほうを見遣《みや》ると、シャッターの開いたままの車庫があった。

私は呼び鈴を押した。

「ごめんください……」反応がない。磨《す》り硝子《ガラス》仕様の玄関引戸の奥のほうには、確かに灯《あか》りが点《つ》いているのである。もう一度呼び鈴を押して、

「ごめんください……」何も答えないが、人の動く気配がする！

「ごめんくださいませ！」

玄関の灯《あか》りが点《つ》く！　一拍の後、

「……はい？」と怪訝《けげん》らしく戸の内からいうは声質からしてお嫁さんと思《おぼ》しき人物。

「はい、あの、えとですね、こんな夜分にすみません、えっと、僕お遍路している者なんですけど、一寸《ちょっと》あの、雨がひどく降って来たものですからね、あの、もし良かったらなんですが、あの、そこの、ガレージのところ、あの、邪魔にならないところに居りますので、いや、あの、ガレージのところで、一寸《ちょっと》だけ休ませてもらいたいのですが、すいません、あの、いいでしょうか……？　構いませんでしょうか……？」

中の人暫《しば》し無言の態《てい》から「お母《かあ》さアン、お遍路さんがウチの車庫で寝ていいかってェ！」と奥へ呶鳴《どな》るなり、

「ええどうぞ、大丈夫ですよー」離れから柔和に答える人あり、即ちこれ家主らしき母の声質！

安堵《あんど》とはまさにこのこと、堪《たま》らず私は顔見えぬ相手に幾度も幾度も深く低頭した。……

これ以後の道中記は差し控えるとして、事実を手短にいうならば、私はこうした日々を一日また一日と、折々《おりおり》信仰ある人達の人情に支えられ、また励《はげ》まされ、与えられしたお陰《かげ》で、気持豊かに歩くことが出来た。この場合『歩いた』というよりも、『歩くことが出来た』『歩けるようにしてもらっていた』といったほうが適当だと思う。というのも、ここ四国の人（一部お遍路さんも含め）に根付いて居るような風習や文化、即ち信仰の一面が、得《え》てして私を終《しま》いまで導引《みちび》いてくれたように感じてならないからだ。つまり私の意思なんてものも、それは自力ではあるにせよ、一人でに開くものではなかったというわけである。

そうした大なる温情を受けながらも、ここに加筆すべきはその裏側のことである。この話の筋《すじ》を知るは私一人と関係する当人《とうにん》ただ一人、つまりは二人の身の上話。本来わざわざ書き述《の》べるべき話でない、というか寧《むし》ろ口上では到底《とうてい》披露し切れぬ、畢竟《ひっきょう》浅ましい物語である。しかしどうして、美しい表層ばかり恍惚《こうこつ》として語れるものか！　どうして表裏一体なるものを平気な貌《かお》して隠し通すなぞ出来得《う》るものか！

私は敢えてこれを明るみに曝《さら》して、如何《いか》なる負の烙印《らくいん》をも甘んじて受けよう。総《すべ》て私の罪の報《むく》いなのだ。これはあの当時、それに現在、私を知る人への謝罪文である。

つまり、こういったことの次第なのだ。——

四国へ辿り着く約半年前、私は北海道の某所で働いていた。その主なる理由は旅行により底の見えた懐《ふところ》事情のためにあった。ここまで車に乗って、のらくら旅行して来たわけである。

裸一貫の身、それに間違いはないけれど、しかし心まで全くの裸一貫というわけでないのは、その時分私には故郷に置いて来た女があった。名は栄子《えいこ》といい、当座十八のうら若き少女で、病身の娘であった。

「いつ帰ってくる？　ネェ、いつ帰ってくる？　絶対毎日連絡してね？　お願いョ？……」

と栄子は別れ際にも執拗《しつよう》にそういってクリクリした丸い瞳を潤ませたかと思うと、次ぎのときには眼を伏せて子供らしくいじらしい態度で沈鬱してみせた。そして「私、貴方《あなた》の帰りをずっと待ってるから、屹度《きっと》待って居るから……」と、私の顔を凝然《じっと》見据えながらいう栄子の言葉には、或る種彼女の自己陶酔感があるのを認めつつも、私もその場においては幾らかの感動を催《もよお》された。ここで私が真に情《じょう》深く、また信念強き者でもあったならば、この娘の将来を思うて、「否、ずっと待ってるだなんて約束してくれるな。俺は自分の勝手で出て行くのだから、お前も自分のことを考えて、どうか幸福《しあわせ》にお成り」とでもいって別離《わか》れるのだろうが、これが私の性質のもので、そうしたことに意気地のないだけならまだしも、どうでも決めておくれ俺はその成り行きに任せるといった、病身の少女相手にでもだらしのない性分なのである。とはいえ我が身の決心は何人《なんぴと》にも譲れぬもの、これ兼《か》ねてからの望みだからと散々に説き伏せて、私もお前と同じ気持だ何分身体《からだ》に気をつけるんだぞと出発前に軽《かろ》く抱擁したところ、今度は私のほうが自然と涙の出て来るのは全《まった》く私の駄目なところ、何かにつけて泣くのは造作もない。感受性に富《と》む栄子はそんな私の様子を見てとるや同情を寄せ丸顔の頬《ほほ》に涙の筋を伝わせた。私達は互いに頬《ほほ》を寄せ合って泣いた。そうして私はそのまま涙ながらに郷里を離れ、その夜も人気《ひとけ》のない暗い公園の駐車場で不安と感傷に苛《さいな》まれては、また頻《しき》りと流れて来る涙を拭い得なかった。

然《さ》りながら、旅路の上にかかる日の流れは濃くもあり早くもあり、思えば遠くへ来たもんだなぞいう文句も自然の呟きにして、いつしか私も旅人風情、気儘《きまま》なその日暮らしを送れるまでに成長した。気がかりなるものは日に日に目減りする寂しい蝦蟇口《がまぐち》の中身のみ、後は何処吹く風の身、何処に眠るも自由の身。監視者のただ一人在《あ》らず、しかも頗《すこぶ》る達者なれば巡る気も健《すこ》やかなるもので、いっかな治らなかった皮膚病も旅路十日目にして完治と相成る。この間、薬はおろか風呂も入らず、食事というのも白米にふりかけと極めて粗末なものなのだから、私は何が何やらと解《げ》せぬ気持の上、この身に来《きた》る素晴らしき変化に感激の念を禁じ得なかった。ともなれば、この胸の窓に掛かる暗幕なく内に錠なく、開くも自由閉じるも自由、陰気な空間に閉じ込められた籠の鳥は無辺際《むへんさい》な空へ飛び発ち、室《へや》の空気は清新な風に入れ換えられた。最早狭い郷里に屈託していた私ではない！　つまりこんな新たな解放心を知ったとあっては、女の面影《おもかげ》なぞ薄れて行くのも自然といえば自然であろう、なればはや交わした約束のことなぞ当に心中《しんちゅう》を外れているというのも道理といえば道理であろう、ここに変わらぬもののあるとすれば、無論それは私自身においてではなく、置き去りにされた少女栄子の心持に相違ない。

栄子は殆んど毎夜、催促じみたメールを寄越《よこ》した。私はなるだけ直ぐに返事をするようにはしていた、しかし内心はこの少女の固執《こしつ》した依存の精神に辟易《へきえき》しないわけにはいかなかった、またそれを桎梏《しっこく》のように感じないでは居れなかった。電話ともなればこの感なおのことである。

「…………………」

掛けて来た先方が先《ま》ずはこの態《てい》。つまり私が先手を打たねばならぬわけだ。

「もしもし？　もしもし？……聞こえてる？」と問えば、一寸の間《ま》を置き、

「……ん、聞こえる」と素っ気なくいう。この間《ま》のなんと気持悪いこと！

「ああそう、良かった。えっと、今日は何か面白いことあった？」と訊ねれば、

「……別に」

「どうしたの？　元気ないけど。……何かあった？」

「……別に。何もない」

「……ああ、そう。……ア、俺は今日はね、木彫りの町？　村かな？　何かそんな場所がたまたま通り掛けにあって、一寸《ちょっと》そこに寄ってみたんだけどね、それがまア凄いんだよ。えと、何んか寺とか神社とか？　そんなとこに奉納するのを作ってるらしいんだけどね、あの、龍とか、観音様とか、それが吃驚《びっくり》するくらい作りが緻密で……、ア、後で写真送るね」

「…………」

「……ア、えっと……、そう、それが結構大きくてね、どれくらいかな、一二畳分くらいあった

んじゃないかな、写真だとあんまり分からんかも知れんけど……。ア、そう、それも一本の木から作ってるらしくてね、今どき何処からそんな大きな木を持って来るのだろうね」

「………」

「……ア、えっと、それでね、俺が今日見たのがね、丁度出来上がったばかりの龍だったんだけどね、一寸《ちょっと》話聞いたら、それ二人で半年で仕上げたらしくて、木が良かったら三ヶ月で出来たっていってたけど、いやア、それだったら本当凄いよなァ。うん、でもあれが半年ってのも半端じゃないけどね。うん、やっぱり職人の仕事ってのは凄いもんだね」

「……へえ」

「……えっと、……うんマァ、……今日はそれくらい。……ところで、体調はどう？」

「…………」

「どうしたの？　体調悪いの？」

「……別に」

だなんて、これでは霧《きり》か霞《かすみ》かに向かって喋っているようではないか。これが毎度のことと想像してみ給《たま》え。私がこの電話の掛かって来るたびに顔を顰《しか》めたくなるのも、やり切れない気持になるのも理解に容易《たやす》い筈だ。

ところが、秋田の某所で一寸滞在を余儀なくされた辺りから、忽然《こつぜん》音信がなくなったのである。郷里を発ってから一月《ひとつき》弱といったところであった。これも二三日の間はあのヘンな圧力を受けずに済んでホッとしたところがあったものの、さすがに四五日も経つとどうしたものかと幾分気にもなって来る。それで、六日目の夜の、七時だか八時頃に電話を鳴らしてみたのだがこれが出ないのだ。さては晩飯時やも知れん、或いは入浴時やも知れんで刻々《こくこく》と時間ばかり半時間一時間と過ぎたが、さて折り返し一つないというのはどうしたものか。私はこれ心配である。否《いな》、心配とは即ち不安心から起り得るもので、そこに意志といったものの関係しない限り自分の範疇外のことであるから、つまりこういった心配なぞというものは元来杞憂《きゆう》に過ぎないのであるが、当座の私はそんなことこれっぽちも思い及ばずに居るのだから、ひたすら悶々《もんもん》として、遂《つい》には焦燥して、そんな感情を徒労に尽くすだけ尽くして、そのうち疲れて眠ってしまった。が、やはり眠り浅く、イヤな目覚めの一番に携帯電話を取って開くが早いか（この時分はまだ所謂ガラケーが主流の時代で、私もその種の開閉式のものを使用していた）、また憂《うれ》いの雨に打たれようかというもの。案《あん》の定《じょう》、連絡なぞ来て居らぬではないか！

凡《およ》そ自から蒔《ま》いた種とはいえ、これには私の気持はあらぬ方向でこんがらがり、外景さなきだに曇天《どんてん》とくれば、何をするにも何を見るにも、色消し艶《つや》消し興醒ましと物憂《ものう》く、夕暮れなれば暗澹《あんたん》たる思い猶《なお》のことで、携帯電話の画面ばかりを見詰めて居たのであった。

それから一週間が経った。私は北海道へ渡っていた。栄子は無事であった。が、そのメールの内容は会話というには余りにも不十分で、一方的かつ簡略化されていた。夜に電話を掛けてみればやはり出ず、翌日になって短文のメールで用件を問われるのであった。このとき私は別れが近いのを予期した。

更に一週間が経った。ここで私は先に述べた某所で働きだした。そこは農場であった。九月十四日、北海道の夜の寒いこと寒いこと。


雇い主の社長はその当座五十くらい、背高く、筋骨逞《たくま》しく、柔和なうちにも威厳ある顔付きで、その声も自信の漲《みなぎ》る——しかし注目すべきはその態度の横柄《おうへい》でも頑固でもない点で、若輩者の理解者、自身もまだまだ熱情豊かな人格者——そういった社長と、一見娘かと思えるほどに器量の良いお上《かみ》さん、その家庭で育った大学生の長男と次男、高校生の長女、それに小さな婆さん、陽気な下働きの老夫婦、この八人の家族である。そうした人達が、先ず私を引き受けてくれた。

母屋《おもや》に住むのは血縁者である、私は母屋と目と鼻の先にある二階建てプレハブ小屋の一階部、そこは六畳間でシングルベッドが一つと二段ベッドが一つあった。そのプレハブはもう一つ並んで建っている、つまりこのような室《へや》は四つあるわけである。何故このようなプレハブがあるのかは社長が説明してくれた。それによると毎年農業大学の夏季休暇のときには幾人かの研修生がここへ来ているとのこと、一階は男用、二階は女用と室《へや》を分けて使うとのこと、基本的に男は二階へ行ってはいけないとのこと、それでも中には行く奴がいるとのこと。シャワー室は一階に一つ、二階に一つ、無論男女別使用の旨《むね》。

プレハブを基点に東へ四五メートル、作物を蔵《しま》う大倉庫あり、そこに事務所とトイレあり。下働きの夫婦は西へ十メートルほど行った先の、殆んど畑に片脚突っ込んだような一軒家に住んでいる。その畑の奥には背の高い白樺の樹が垣根のように並んでいる。南もまた広大な畑である。その遥か遠方に、連なる山が見える。

此処《ここ》へ来た当初の心境といえば、やはり私は元来の気質が因《いん》して、こうした人達とも関わり合うことが恐怖でならなかった。何故なら、初対面では一先《ひとま》ず腹の中を詮索されるものだから。そして答えを間違えば怪訝《けげん》な眼に面《つら》を舐められたり、さりげない口ぶりで主従の関係を示されたりして、此奴《こいつ》は果たして自分達に従順か、または害のないものかというのを一方的な見解で観察して、仲間に加え得るものかどうかを仲間内で相談したりするであろうから。さる経験が頻《しき》りに喚《かん》呼《こ》する、「大人《おとな》しくしてニコニコして居ろ。気を使え。くれぐれも下手《へた》なことを口走るな。良いか、これまで同様、人は何時《いつ》でもお前を見張り、また何時《いつ》拒絶しようものかと窺《うかが》っているものぞ！」

元来《もと》より親族きっての臆病者、様子見なぞ板についたものとはいえ、この時分私の緊張の尋常でなかったのはその立ち居振舞いの示す通り、全く保護されたばかりの犬のようであった。しかしながら私は自から保護を求めたのであって、直ぐに捨てられないためにも、親しみのある顔を拵《こしら》えたり、尾を振る仕事も熟《こな》して見せなければならない。ところがこのときばかりはどうもこれが難しく思えてならなかった、得意のニコニコ顔も自然のものでなく引《ひ》き攣《つ》っているのが自覚される！　私は意識的に修正を試《こころ》みる、が意識すればするほど不自然！　更にここへ来て私の咽喉《のど》は暫時の孤独から好い音律で鳴らなかった。

彼等はどう思ったことだろう！　しかし彼等の眼に澱《よど》みの色はなく、そのような私の無様な態《てい》にもこの人の好い家族は――無論それは良い意味で――それは私の悪い癖だと教示するかのようでもあった。つまり彼等は私を詮索することなく、寧《むし》ろどうすれば此奴が気楽に過ごせるものかといった心遣いを示してくれたのであった。

――沢山食べなさい。よし！　お菓子もどうぞ。よし！　君、酒は好きか。よしよし！　家にあるのを好きに飲みなさい。ビール？　ワイン？　ウイスキー？　スコッチ？　バーボン？　ウム！　君は此処を実家のように思って、私達に気を遣わずに過ごしなさい。遠慮は無用！　此処が君の第二の故郷になってくれたら、私達は嬉しい限りだ！――

それは気心の知れた人間の見せる、心厚いもてなしであった。私は自身の臆病による見識に当てはめて、その家族の振舞いが、所謂見栄から来るものであったり、私を観察したり試しているものではないことを、即ち虚偽の親切ではないことを、早い時分に汲《く》み取った。この旅始まって以来の安心が私に与えられた。そして三日もすれば、私は此処の家族になった。

斯《か》くして私の新生活が始まった。六時に団欒して朝食を摂《と》るのがこの家の習慣らしい、先ず私に振り分けられた仕事はコーヒーを用意することであった。私は五時半には起きて居なければならなかった、しかしそれ自体、不規則かつ自由な生活をして来た身であるとはいえ、別段苦にはならなかった。何故なら、流離者《さすらい》は朝日と共に目覚めるものだからである。

仕事は七時から開始される、この時分は馬鈴薯の収穫であった。ピッカーと呼ばれる大型の機械に乗って、棒状のコンベアの上をコロコロ運ばれて来る馬鈴薯を選別する、で、ここで感嘆のひと声が私の口を突いて出る。

「ナアン！　こんな大きな馬鈴薯は見たことがないですよ！」

社長は快活らしい太い声にて「ハッハッハッハ、そうかね、去年よりかは出来がいいけどね。君、この辺りではこれくらい普通だよ」

確かにそれは土地柄らしい産物ではあった。北海道へ入った初日のこと、私は野辺に巨大なフキを見た、葉の直径は推定五六十センチはありそうであった、茎は傘の柄《え》ほども太かった。そうだ、あれはまるで蝙蝠《コウモリ》傘だ！　それにあの北海道の鹿の大きさといったらどうだ！　最早《もはや》馬！　いやはや、馬鹿の由来に〝北海道説〟というのを一つ加えるべきだと思う。つまりそういうことです諸君、マクドナルドのポテトを想像してみ給《たま》え、誰があの長さのものを加工品でなく現物サイズで連想出来るだろうか。スーパーで売られているもの見てご覧なさい！　八百屋で見てご覧なさい！　これは誇張《こちょう》でも何んでもなく事実なんである。

で、傷のひどいもの、緑色に変色しているもの、腐っているもの、余りにも小さいのが寄り集まった不出来のもの、土塊《つちくれ》、それらが我々の手で取り除かれる。選別は素早く、凡《およ》そ直観的な動作で行われる。まともなものは流れた先のコンテナ籠《かご》に落ち着き一緒くたになる、いっぱいになれば次の籠と取り替える、終日それの繰り返しである。無論こうした作業自体が私に何かしらの感動や感興をもたらすことはなかった。寧《むし》ろ初めのうち私が感心を寄せたのは、我々の手で爪弾《つまはじ》きにされ、汚穢《おわい》な屑籠《くずかご》に落ちて行く不出来な馬鈴薯――そこに自分みたような人間の、所謂弱者の一生とも重なり合う運命を眼の当たりにさせられているような、そんな憐憫じみた感情で見送っていたことにあった。

軈《やが》てそうした生活が十日も経つ頃になると、此処《ここ》の家族は着々とその数を増やしていた。先ずは私の来た三日後の夜に、京《きょう》ちゃんという、色の白い、内気気味な、大柄な娘が来た。四日後の夕には、色の黒い、引き締まった身体《からだ》つきした、柔和そうな青年の昌《まさ》ちゃんがバイクでやって来て、六日後には六十過ぎの、背低く、険のある眼した、一見頑固そうな池爺さんが車で来た。十日後には、化粧っ気のない、長い黒髪を後ろで結った、見るからに田舎者臭い風采した亜由美ちゃんが来た。皆《みん》な私と同様、インターネットを通じて此処へ来た者達であった。池爺さん以外は二十二三の齢であった。この中では私と昌ちゃんの二人だけが旅の途中に転がり込んだ者だったが、人生自体が旅みたいなものだとするならば、彼等もまた旅の途中だったのに相違ない。家族は私の来たときと同様に彼等を温かく迎えた。それでいて新しい家族の長男という立場が私には与えられた。

殊《こと》に青年の昌ちゃんと私が友となるのには左程《さほど》の時間も要さなかった。初見の見立て通り、やはり柔和な男で、屹度《きっと》その性質は誰の眼にも好ましいものであるのに相違なかった。それに内気な京ちゃんの様子からしても、程《ほど》なく彼を男子として好いているらしい感じのものが私には認められた。彼は純粋であった、正直であるが馬鹿でなかった、私より齢下《としした》でありながら頗《すこぶ》る処世術に長けていた。よく笑い、よく観察し、のんびりした穏やかさで、我執《がしゅう》を無様に晒《さら》すような真似はしなかった。彼の両親は彼の教育に成功したのだ！　無論私は彼の雰囲気を好んだ、彼には私が手本とすべき、男子としての大らかな素質があった。調和の美があった。しかしまたそんな彼にも、内向的な人間特有の孤独の陰影《かげ》が散見されもして、殊に私には、それが彼の特色の中で最も好ましく感じるところであった。

　私達はよく語り合った、二人並んで朝靄《あさもや》の這《は》う広大な畑の先の連山を眺めながら歯磨をして、日中はからっ風に捲《まく》られながら顔中土埃《つちぼこり》にして作業して、夕食のときは団欒《だんらん》で、食後は酒を飲みながら、家族同士の悪戯《いたずら》もよくした、そうしてよく笑い合った。

　ところで、そんな平和のなか栄子との関係はというと、最早互いに連絡を取り合わなくなってから、私が此処《ここ》へ来て二週間後の夜七時頃に珍しく電話があって、平《ひら》たくいうと、私はそのときにフラれたのであった。丁度その日の夕方時分、以前栄子が手作りしたというミサンガ——私の左手首に巻き付けであったのが、どういうわけか作業中に切れて、畑の中に埋《うず》もれた。無論私は機械を操っていたので、それを見送らなければならなかった。赤錆《あかさび》色した空に緩々《ゆるゆる》と藍《あい》は流れ、地上からも陰《かげ》が濛々《もうもう》と立って来だすと、畑の道向うに並ぶ白樺の木立もそのシルエットを背景に黒く残すばかりになった。皆なは帰り仕度《じたく》を始めた、私は一寸《ちょっと》御免とミサンガの落っこちた大体の場所に馳《は》せ土を蹴《け》り蹴《け》りして探した。後《のち》に昌ちゃんもそこへ来てくれたが、やはり見つけることが出来なかった。それからほんの数時間後のことだったのだ。こうしたことが何んの奇《き》と結び付くものか、偶然といえばただの偶然、予知の如きを信ずる人ならば手を叩いて予兆だとでもいうのだろうが、何分《なにぶん》私には理解に難しい。

　彼女との電話を切った後で、役者な私はフウと一息、間もなくガックリ肩を落とし、へこたれ感を装《よそお》って家族に報告した。すると家族は初めのうちこそ平常ない私の様子に心配を示したけれど、次第に「そりゃあ君が悪いよ、だって十八だろう、普通に考えて可哀想《かわいそう》じゃないか。彼女の将来《さき》のことを思うとだね、君は縛りつけておくべきじゃアないんだ。本来なら君のほうから別れを告げるのが筋《すじ》だったんじゃないかと思うがね。マア、彼女にしてみれば正当なことだよ。仕方がないと思って、君は自分のしたことを反省し給え」と至極《しごく》真っ当な見識で責められたかと思えば、これに同意見が殆んどと見えて、うなずいてみたり、或いは一言追い打ちしたり、また無言の者も眦《まなじり》に冷笑《れいしょう》を浮べているようにも見受けられた。オヤオヤ！　コレはヘンだ！　当初の目論《もくろ》見《み》だと、皆なして憐《あわ》れな私を慰《なぐさ》めてくれる筈だったのだ！　私はこの風当たりの冷たいのに困惑した、且《か》つ軽はずみに自分の不格好を露呈してしまったことへの後悔から恥辱の念も生じて来て、真実《ほんと》にガックリ肩を落とすと、気抜けのようにへこたれてしまった。あとからこれを慰めてくれたのは昌ちゃんだけであった。

そんなある日のこと、我々の室《へや》へ亜由美ちゃんが遊びに来るようになった。我々男連《おとこれん》は話し相手が増えたのでこれは愉快と彼女を揶揄《からか》う、池爺なぞは彼女が孫でもあるかのように肩揉みなんかをしてもらったりしては、彼女が退《ひ》けたあとで、

「ウウム、あの娘《こ》は銀座のホステスなんかやっていたら屹度《きつと》ナンバーワンになるだろう！」

私はハアといいつつ昌ちゃんと顔を見合わせ苦笑した。確かに彼女は魅力的ではあった、何とも摑みどころのないミステリアスな性質して、どこか媚《こび》のある眼差しや、おっとりした声音、それでいて時折見せる子供らしい無邪気な甘え仕草なんかもイヤに愛嬌があって、どうやらこうしたことは、我々若輩者よりかオヤジ連中にこそウケが好いと見える。それに、私はその地名に全然明るくなかったのだが、晩餐時の会話の中で、「君、いいところに住んでいるんだねエ！あそこ辺りといったら一等地じゃないか」とか、「君、あの女子大に通っていたの？　あそことといったらお嬢様の行く学校じゃないか」なぞと社長のいうのを聞いていると、こうした彼女の雰囲気というのも何やら納得らしくも思えて来る。してみると、私の初見の印象であった、見るからに田舎者臭い芋風采の少女、というのは甚《はなは》だ見当違いだったらしい。しかしマアこういっては何んだが、とても銀座のホステスなぞ勤まるまいというのが私なんかの思うところ、どうして彼女の器量はどう褒《ほ》めそやしてみたところで、今一つに違いないのだから！

それから彼女は毎晩やって来るようになった。私はそれを些《いささ》か不審に思った。何故なら、最近の京ちゃんと亜由美ちゃんの関係は私の眼から見ても余り良くないものだったから。しかしこう

いったことくらいは随所においても殊更《ことさら》珍しからぬこと、敢えてどうこういう性質のものでなし、私はこの件については当人同士の問題と見て見ぬふりを決め込んでいたのだが、だからといって我々の安寧《あんねい》を乱すのはいかがなものか。つまり習慣となっていた就寝時分の二十二時になっても全然帰ろうとしないのである。最早池爺は爺ゆえに二十一時回ればシングルベッドでぐうぐう高鼾掻《たかいびき》いているのだから、彼女が来るのは愉快ばかりでその先のことを知る由《よし》はない、『もう寝るよ』と私が二段ベッドの上部から棒を使って電気《スイッチ》を切ってからのその先のことを！　帰ると思いきや、彼女は私の下段に居る昌ちゃんの寝床へ潜り込むのだ。それで何やら二人は身体を寄せ合って——それもその筈、寝床の面積一畳分なれば！——ゴニョゴニョ、クスクス、モゾモゾ、やっている！　それが小一時間も続けられる！——といってもこれは幼児の従兄妹《いとこ》同士が一つのベッドで巫山戯《ふざけ》合っているような印象のものなのであるが——然《さ》りとて、私にしてみればこれは流石《さすが》に堪ったもんじゃないのだ。何故というまでもないじゃないか、これ偏《ひとえ》に私の性欲たるや無《む》尽蔵《じんぞう》の極みなればこそ！

「どうして君はそう毎日毎日来るかなア。農場《ここ》に初め来たときに、男の室《へや》には遊びに行かないようにって社長にいわれなかった？」

あるとき、平時《いつも》のように室《へや》へ来た彼女と二人きりになったのを見計らって、私はいった。

「ううん、そんなこといわれてないけど」

「へぇ、社長いわなかったんだね。俺なんかはっていうか、男はいわれたけどね」

「そうなんだ。……え、もしかして私が来るの迷惑?」

「ウーン……いや、別にそんな迷惑ってことでもないんだけど、何んていうかその、ウーン……でもさすがに毎日来るってのは幾らなんでも一寸《ちよつと》なァっていうかウーン……何んかさ、京ちゃんだけ除け者《のけもの》にしてるみたいな感じがせんでもないし、それだったら一寸《ちよつと》可哀想かなって思ったりもして。だからさ、来るンなら今度から一人で来ないで京ちゃんと来れば?」

先《せん》の通り彼女等の不仲は疑いないものであったが、彼女の毎晩の行為に辟易《へきえき》していた私は愈々《いよいよ》をもって邪気の念を放出せねば気が済まず、遠回しながらも敢えて意地悪な口調でこういった。

すると彼女はみるみる表情《かお》を強張《こわば》らせ、

「……前に訊いたんだよ、そしたら京ちゃんはやめとくって。……最近は話してないから。……何んだろうね、私、京ちゃんに嫌われてるのかなァ。もう随分《ずいぶん》話してないんだよ? お昼だって話してないでしょ? 眼も合わせてくれない……。以前《まえ》はあんなに話してたのに。ねェ、何んでかわかんないんだよぉ、私何かした? 私、何かしたかな? 二階《うえ》に居ても気まずくて、私、居場所がないんだよぉ?……でも多分、私が悪いんだよネ。……ごめんね、こんなこといって。でも、わかったよ、貴方も嫌なら、私もう室《ここ》には来ないようにするから……」

といって悄然と肩を丸めて俯《うつむ》いた。その眼から滴《したた》り落つるものこそ見えなかったが、彼女の睫毛《まつげ》の煌《きら》めいたのに私は当惑した。もしやあの行動は悪ふざけでなく寂しさの裏返しによるものだったか、お嬢育ちがゆえの不器用なものだったかと、沈黙の間にあれこれと想像してみると、これまでの彼女のふしだらさといったものが何んだか不憫《ふびん》なようにも思えて来る。

「いや、あの、来るなってことじゃないんだ。えっと、まあ、何があったかわからんけど、俺も今度さり気なく京ちゃんと話してみるよ。あ、勿論亜由美ちゃんから何か聞いたとかそんなことはいわないから。まあ、だから、元気出して、ね。亜由美ちゃんが来てから、池爺も愉《たの》しいみたいだし、うん、ごめんね、従来《これまで》みたく、何も気にしないでさ、おいでよ、ね？　ね？」

一拍挿《はさ》んだ後で彼女は、「……うん、わかった。何んかごめんね。誰にもいえなかったから、私ずっと辛かったの。本当にありがとう」

とそういわれてみると、何故だか私は嬉しいような、一仕事が済んで安心したような、或いは親切なことでもしたような、そんな温かい気持に満たされる感じがしたのであった。と、外部の気配の中に砂利を踏む足音が二つ、室《こちら》へ向かって来ているのが聴こえて来た、私は昌ちゃんの笑声をばそこへ認めた、戸が開くまでは左程《さほど》もかからなかった。その刹那に、――戸の開閉音にも紛らせながら――「先刻《さっき》のは内緒ね、二人だけの、ネ」と私に身体を寄せて、彼女はいった。そのとき私は或る疑惑の念が閃いたのと同じくして、彼女の生々しく甘ったるい口臭に何やら妙な心持がしたのであった。


農場に来てから三週間が過ぎた。大学生の子息達は都会の学校へ戻って行った。朝晩の寒さは一層厳しくなって、明け方には窪みの溜水《たまりみず》に氷が張った。我々の朝一番の仕事は、夜分とも思《おぼ》しき暗い室《へや》を暖めることから始まった。更に農場には新たに、男一人女二人の計三人の流れ者家族が増えた。一人の男は、大学を休学して、悩める気持に変化を欲して来たらしかった。一人の女は三十手前で、仕事を辞め、心の休養と滋養を得るために来たらしかった。もう一人の娘は特に事情もない、好奇心の思い付きといった、若い人に有り勝ちな無計画で来たらしかった。亜由美ちゃんはその娘と——彼女等は同学年で地元が近いらしく——直《す》ぐに親しくなった。二人の性質は全然《まるで》別物で混じり合わなそうにも思えたが、これも池爺のいうように彼女の天才であったのか、さながら女学生のように賑やかに戯《たわむ》れ、ときに不躾《ぶしつけ》なことを言い合い、陽気に笑い合っていた。それは家族の眼には、友好的で、快活に、平和に見えたことに相違ない。実際初めのうちは私の眼にもそう映っていたのだ。しかし数日もすると、それが幾分不快な印象と違和感を、私に覚えさせるようになって来た。何故といって、従来《これまで》の彼女は、或る意味でそのような下品な素振《そぶ》り——ガサツな言葉で巫山戯《ふざけ》たりだの、二人何かと眼くばせして、人を小馬鹿にした忍び笑いをしたりだのといった——を私達に見せたことがなかったのだから。のみならずその違和感の付随《ふずい》するところで、彼女は自発的に、解《わか》り易《やす》く、京ちゃんと距離を取るようになったのである。畢竟《ひっきょう》二人の関係は以前と変わらないように見えても、最早修復を望めないほど悪化していたのだ。そしてやはり、そうとはいっても、彼女は夜な夜な私達の室《へや》に、これまでの彼女で来るのであった。

その日は農作業が午後三時に終わって、男連はそのまま倉庫の一角《いっかく》を軽《かろ》く片しに行き、女連は母屋の風呂も使わせてもらって順々と身支度を整えるその理由は、六時頃から倉庫に集合《あつま》って焼肉をすることになっていたからであった。これは所謂新規家族の歓迎と我々先達《せんだつ》への慰労を兼ねた会であった。食材は近所に住んでいる社長の親戚が持って来てくれる手筈とのこと、我々はさして用意などなく、時間が来るまで室《へや》で悠然《ゆったり》する、母屋へ行き居間でテレビを眺めるでもよし談笑するでもよし、先に倉庫へ来て火の段取りなぞしながらその褒美に一足先《ひとあしさき》に酒を頂くでもよしといったように、各々が自由にそれまでの時間を過ごした。無論最後の例は私と昌ちゃんであった、そうして人より早く飲み出した私と昌ちゃんは、皆が集まる頃には既に良い塩梅《あんばい》、殊に酒飲み進行の早い私は、宴《うたげ》が始まったのが六時半にして、最早七時半ともなれば上機嫌を幾分越した辺り。元来私は臆病な半面注目されるのが好き、人を笑わすのが好き、したがって悪戯《いたずら》なぞも大好物であるから、これに酒の力の加われば弥《いや》が上《うえ》にもその精力の増強し、あの手この手を駆使《くし》してうまく皆なの笑いを引出したならば、これ愉快千万と益々酒を煽《あお》る手にも拍車が掛かるのである。こうして出来上がったのは言わずもがな、歩けば千鳥足、呂律《ろれつ》も怪しければ一息ごとにゲップを吐くといった痴呆の泥酔者であった。然《さ》りながらこのとき私はまだ二十四、体力的にも内臓機能的にも全然不良なし、幾ら泥酔して物の分別が付き兼ねようと、記憶だけは意想外判然《はっきり》していたのである。時は八時半、食材を平《たい》らげてしまった家族は腹を満たしたことで俄然《がぜん》会話が落ち着いて来た、或る者は火を眺めて茫然《ぼんやり》し、或る者はそわそわと座を離れたい様子をし、或る者は手に顎《あご》を置き瞑想しているといった状態で、自然お開きとなる流れとなったのだが、これ常の晩餐ならず所謂宴会といったこともあって、未《いま》だ愉快気分の冷めやらぬ社長、「飲みたい奴は飲みたい者同士、母屋で一杯やろうじゃないか。さあ、誰だ飲みたい奴は！」といって徐《おもむろ》に私の顔を覗き込むや、「君はまだ飲めるな、ウム、飲みたい顔している！　ヨシヨシ！　さあ来たまえ！　極上のバーボンをご馳走しよう！」

既に意識混濁の私なれども気分的にはまだ一二杯は行けるだろうと、「賛成！　賛成！」と手を挙げたのだが、やはりそれが不可《いけ》なかった。母屋の長椅子《ソファ》にどっかと身体《からだ》を投げた時分はまだ気分上々、が一息ついて眼を瞑《つむ》るなりものの数秒で潮目が変わり、ハテ、いつ私は自分の身体を底なし沼にでも投じたものか、どんどん沈み行く感、呼吸も苦しくあり、そこに「君、君！　大丈夫かい？」と誰かがいうのに一寸眼開けば、忽《たちま》ち景色歪《ゆが》みつ戻りつする。このとき私が認めたのは、社長の外《ほか》に、昌ちゃん、池爺、亜由美ちゃん、と新規の女子がこの場に居たことであった。

「ウン……大丈夫」私は頻《しき》りと大欠伸《おおあくび》しながら、治癒を願いつつ再度眼を閉じた。

「アア……何んだね君は？　先刻《さっき》まであんなに元気だったのに、何時《いつ》そうなったんだ。これじゃあもう飲めそうにないな、ウム、暫《しばら》くそこで休んで居たまえ。ハッハハ……困ったもんだな」と社長がいった。……

周囲の賑やかさで目覚めた私は、暫《しばら》くはそのまま眠りの態《てい》をとっていたが、軈《やが》て上半身をむっくり起き直して四囲《まわり》を見廻した。そこに居たのは社長、昌ちゃん、亜由美ちゃん、新規の娘の四人であった。「ア、起きた起きた」との声は新規の娘で、私はしかめ面にせわしく瞬《まばた》きして、視界に難ある眼で壁にかかった柱時計を睨《にら》みつけて見ると、ぼやぼや揺れる中に九時四十分というのを確認した。

「大丈夫？」の一声は昌ちゃん。

「ウン……大丈夫。あれ、池爺は？」

「池爺はね、つい先刻《さつき》眠くなったから室《へや》に戻るっていって、フラフラしながら帰って行ったよ」と亜由美ちゃん。

「アア、君は勿体《もったい》ないことをしたねェ！　君がぐうすかぐうすか鼾掻《いびきか》いてる間に皆なから色々と面白い話が聞けたよ。ヨシ！　それじゃあ、やっと彼も起きたことだし、皆な、今日はもうこれ位《くらい》でお開きとしようか！」と社長はチラと腕時計を見遣り、言い終わると出し抜けに私の顔を覗き込んで、「君、明日も仕事だからな、寝坊したら駄目だゾ！　それだけは俺は許さないからな、ハッハッハ」

「エッヘヘ……ウン、俺歯磨して来る……」と私がのそのそと起ち上がりかけたところで、「ア、私も」と亜由美ちゃんも起立。

「ウム！　彼一人じゃどこで転んで倒れてるかも分からんから附《つ》いて行ってあげなさい。良かったなア君！」

私は彼女に手を引かれ、戸外《そと》へ出た。補足すると我々作業員家族は事務所の手洗い場で歯磨をするのである。

先《ま》ず暗闇に据える行燈《あんどん》の如く仄《ほの》かに物陰を照らし得るはプレハブ四室の電灯、窓掛《カーテン》を透過《とうか》する光りの些少《さしょう》なれば判然足元を照らし得るに及ばず。黄緑《きみどり》色もしくは若草《わかくさ》色とは一階男室《おとこべや》の窓掛、二階女室《おんなべや》のは紅紫《こうし》色、共々《ともども》襞《ひだ》の明暗を作っている。風はそよとなきものの、身動きの生ずれば僅かに風巻きて皮膚の上を走り、これ母屋《おもや》の暖気を浴び多量の酒を浴びして熱を蔵《ぞう》した額や頬へ、それに熱《ほとぼ》る口腔、乾いた咽喉《のど》へ、その夜気《やき》の浸透する如きは頗《すこぶ》る清涼にて忽《たちま》ち胸の空《す》く心地する。仰いで空を望み、今度は愕然とした。このときの我が世界は酔狂の境《さかい》にありながら、強烈な妙趣《みょうしゅ》を印したのは今を以て忘れぬ、無際涯《はてしな》い大空の——全体を埋め尽くさんとする星影の光明《こうみょう》よ！　これが生命であろうか、これが愛であろうか、将《はた》は、どこに人間の生命があろう、どこに人間の愛があろう。曾《かつ》ての、または現今の人間の、如何《いか》なる企《たくら》みも試《こころ》みも営《いとな》みも夢も、ましてや生きるも死ぬるも、この壮大にして冷厳なる天に何の関係するところがあろうか。私は呆気《あっけ》に取られる中《うち》に、一所《ひとところ》足場を失くして一気に墜落してしまうような、或いは大いなる手に軽々と宙へ持ち上げられでもするかのような、殆んどこの神秘なる天空の威迫に圧倒され、前後不覚危うく背後へひっくり返るところであった、「ネエ！　一寸《ちょっと》、大丈夫？」彼女は稍《やや》握力を強めて私の注意を惹いた、これにて私の意識は地上へと引き戻される。

　夜気は地に降り積もるようにして漂い、四囲《あたり》はひっそりと静まり返っている、そこに不揃いな調子の足音ばかりが小気味よく鳴り響く。私は開くか開かんかの眼《まなこ》を下眼がちにして、そうした音に意識を傾けていた。するとそのうちに、音が微細に移動したり、変化しだしたりするのに気が付いて、つと面《おもて》を上げて見るや正面には大口を構えた大倉庫があった。私は不意に、どこの誰がこうして私の手を引いていて、一体何処へと連れて行かれるのだろうかと寸時の戦慄を覚えた。清静《せいせい》たる星影の注ぎもその大口の内部一二間《けん》で留まり、先は靄《もや》のかかる如き黒闇《やみ》が重く垂れ込め、しかもその奥からは多重の足音が聴こえて来る。これ私等の近づくにつれその数を増殖《ふや》し、声を大にする。それは如何なる人情も届き得ない場所のようであった。これ仮《かり》に私一人、殊更に感受性の昂《たかぶ》りが極限でもあったならば、薄気味悪しと駈けだしたことであろう。私達期間労働者は、この倉庫で作業した日なぞ一日とないのだ。倉庫は冬の農場の生活の支柱である。私は恐ろしさから洞穴《ほらあな》のような倉庫奥の暗闇《やみ》を注視するのを止めた、そして大口の中へ這入《はい》る手前で右手のほうに拡がる畑へと眼を転じて見た、がここへは益々重い暗闇と静寂とが落ちていた。

「足、段差あるからね」

彼女は注意を促《うなが》した。

が真実《ほんと》の戦慄はここからだったのである！　私の気持がヘンな波に――それも怒濤の濁流に――のまれることになるのは。真意は量《はか》りきれぬ！　私達が誘導灯のみの薄暗い中に立ち並んで歯磨している間は、まだ私の心は平穏そのもの、何んの感情も働いていなかったのだ、ここでいう感情とはつまりそれが済んだ後の感情！　真意は量りきれぬ！　卒然《そつぜん》どうしたものか、彼女は私の左腕に自分の腕を絡ませるや寄り掛かるように私の肩へ頭を預けて来た、彼女の艶《つや》のある長い黒髪が私の肩や胸に謂《い》い得ぬ重力を与えた、加えて鼻腔間近《まぢか》へ来た彼女の美しい頭頂部からはむんむんと漂《ただよ》う香気がした、私は瞬時に官能が疼《うず》き、「どうしたの？　君、酔っちまったの？」とその愛らしい小頭を優しく撫でてみると、彼女は腕を絡めたままの態《てい》で私を仰ぎ見る、何んと好色《いろごのみ》な眼付きであろう！　その湖水に印する月の如く濡れた眸《ひとみ》で彼女は莞爾《にっこり》、再び無言で私に凭れかかる、これ素面《しらふ》であれば当然戸惑いと猜疑の念の差し込むところ、がこれ酒の力の所為《せい》ばかりともいえぬ天稟《てんぴん》のものか、私の思念の行き先を獣性の方向へ舵《かじ》を切るよう仄《ほの》めかして来る、何故？　何故？　それに加勢するは彼女の柔らかに膨らんだ乳房の感触！　これの押し当たる肱《ひじ》周りの神経からの伝令、『この女は俺ンだ』、忽《たちま》ち私の頭上に、強く抱擁して接吻してやりたい願望が浮上する、掌《てのひら》全体でこの乳房を思うがままにしてやりたい熱望が現れる、私に凭れかかってじっと息を殺して待っているのだろう彼女も、屹度《きっと》それを望んでいるに相違ないのだ！　私は——望むところ！　望むところ！　と——腕白《わんぱく》な性質の悪魔にそそのかされて、彼女のしなやかな腰へ手を滑らせた。ところが、「ア、もう戻ろっか、皆なが心配するだろうから」と彼女は即座に腰を引くと、私の強気な手を振《ふ》り解《ほど》くように逃れる。もしこれが素面であったならば、多分に不可思議の念の擡《もた》げ悩ますところ、がこの場合の私は如何にも冷めやらぬ気持、つまり惨めな愛欲が先行して、最早自分を支配する者へ哀願でもするかのように、せめて手を繋いでください——といった眼配《めくば》せをして、低く手を差し伸べた。彼女はそれを承諾した。

私は堪らなく幸福な気持であっただろう、あらゆる星影の下に祝福された気持であっただろう。がこの幸福はすぐに終わってしまうのだ。何故なら私達は室《へや》の前で別れなければならないのだから。私はその事実を許可したくない一心で、室までのほんの数間の歩みを悠然たるものにしながら、「見てご覧よ、ほら、星が凄まじいねェ！」などといってみてはつと立ち止り、やはりそこでも吸い付くような瑞々《みずみず》しい手肌の感触ばかりに全意識は向いている。つい私は欲望任せに彼女をグイと引寄せると、玉のように涼しげなおでこへ接吻した。『アッ！　ついつい！』と思ったのも束《つか》の間《ま》のこと、彼女に嫌がる様子はない、しかのみならず驚く様子さえ見せない、それでは硬直しているかといえば、そうでもない。それが証拠に、先まで軽《かろ》く繋いでいた掌《てのひら》を解《ほど》いたと思いきや、今度は自から指間を滑り込ませるようにして絡ませて来たのだ。更にはその指先の動きが、如何にも蠱惑《こわく》的に私を挑発する！　これ偏《ひとえ》に私の過敏性か、五指及《およ》び掌の神経は下《しも》の象徴と結びついて居るといって過言でないのだ、つまり斯《か》くまで愛撫されているも同然といって相違ないのだ。そしてまたこれ、何んという好色《いろごのみ》な眼付きであろう！　最早燃え出した火のところに薪《まき》をくべられたかたちで、私は愈々《いよいよ》眼が醒《さ》めた。そして彼女はその密着に、体温の上がった湿った手を徐《おもむろ》に解きつつ、「今日は母屋の居間で寝るんだ」と嬌態《きょうたい》らしい顔付きと声音で告げると、そそくさと戸内へ這入って行った。――これは合図だ――私は直感した。

私は数歩先の室へと戻りつつ、たった今起った色情に昂揚《こうよう》して、後を追いたい衝動から二三度母屋を顧みた。母屋の居間の、古ぼけて黄土色した窓掛《カーテン》に人影が映った。あれは彼女だったろうか。私は自室の戸を静かに開けた。

室《へや》へ足を踏み入れたとき低く擦《かす》れた小声の「おかえり」というのが下のほうから聞こえた。私はそのほうに視線をやった、鼻先まで掛布団を引っかけた昌ちゃんと眼が合った。彼は「遅かったね。ごめん、ストーブもう切っちゃったよ」といって体勢を整えた。

「あれ、そんな時間経ってた？　ア、俺ももう寝るから大丈夫だよ」

ストーブはつい先刻切られたらしく金属の弾ける音が吐出し口の辺りで鳴っていた。奥のシングルベッドでは俵《たわら》のように丸く膨らんだ布団の主《ぬし》が壁のほうを向いて横たわっていた。私は二段ベッドの梯子《はしご》段を登り、深部にまでは暖気の沁《し》みていない冷たく湿っぽい羽根布団に悶《もだ》えるような吐息しながら潜り込んだが、敷布団と格子《こうし》の隙間に置いてある細い棒を手探りして摑むと、また起き直り、身体を伸ばして棒先で電灯のスイッチを切った。

それからどれくらいの時間が過ぎたかは定かでない、が左迄《さまで》経っていなかったことは確実《たしか》であろう。何故といえば、私が梯子段を降りている際に「どうしたの？」と昌ちゃんが問うて来たのだから！　さて私は何と答えたか、「一寸《ちょっと》喉が渇いたからお茶飲みに行って来る！」さて私は何処へ行こうとしているのか、「あの娘《こ》が待って居るであろう居間へ！」

既に母屋は消灯されていた、玄関引戸の錠は下ろされていなかった、居間への扉の硝子《ガラス》部からは豆電球らしい薄明かりが茫《ぼう》とした光りを落し、上り框《かまち》の床に仄かな明暗の線を引いていた、私は静かに扉を押した。入って左側の長椅子《ソファ》に彼女は横になって居た、がここで私の想像していなかったことには、それと向い合った長椅子《ソファ》に新規の娘が横になって居るのであった。私は彼女等二人を横眼に居間を抜けて、台所でコップに二三杯水を呷《あお》った。それから、愈々《いよいよ》彼女の前に立って居た！

先《ま》ず私は彼女の正面に跪《ひざまず》き、丸く膨らんだ頬に手を触れて、至って柔和な小声して囁いた。そこで彼女は眼を醒《さ》ます筈であった！　否、それは無益《むだ》であった。そして今度はより近く、耳元に口を運んで囁いたのだ。それでも彼女は眼を開けなかった。この事実は当然私を困惑させた、何故といって、屹度《きっと》彼女は疾《と》うに起きているに違いないのだから！　私は邪険にされ恥をかかされたように感じた、そして一度は諦めようかと起ちかけたのだが、しかしここでおずおずと退き下がったとなれば私は後々陰で何んといわれることになるか知らん、彼女等の秘密裏に嘲笑されることになるか知らんぞとの囁きを脳裏に聞いた。ならば――と考える間もなく私は毛布から覗かせている彼女の手を見つけるやそっと握り、更には軽《かろ》く撫ぜ廻しながら、その幼顔《おさながお》に線を引いたような眦《まなじり》を凝視《みつ》めた！　それから？　私は何をした？　この暴走した愛欲を、この無限の情欲、堰《せき》を切った色欲を！　私は唐突に彼女に接吻した、接吻した！　無論それに止《とど》まらず火照《ほて》った舌をその中に差し込んだ！　彼女は若干喘いだようにした！　桃源郷！　甘い果肉のような香が強烈に嗅覚を刺激した！　彼女の歯は閉ざされて居た！　私は無理に抉《こ》じ開けようと挑戦した！　そのとき！　彼女の眼が判然《はっきり》と開いた！　が、何故！　視線が交錯すると直ぐに閉ざした！　何故！　私は毛布の中に手を滑らせて彼女の乳房に触れようとした！　が、彼女はそれと気づくや私の手を押えて抵抗した！　何んという力の強さ！　何故！　私は最早どうしていいか解《わか》らなかった！　そのとき！

「イヤ！」と背後で声がした！　私は振り返った！　新規の娘が自分の毛布を打捨《うちす》て台所のほうへ駈け出した！　私は後を追った！　何処へ行った？　台所の隅で隠れるようにして戦慄《おのの》ている娘を見つけた！

「君、どうしたの？」私は呶鳴《どな》った！

「イヤ！　イヤ！　来ないで！」娘は泥棒猫さながらの俊敏さで私の横をすり抜けた！

「一寸《ちよつと》待って！　ネエ！　君！　おかしいじゃない！」

娘は居間を抜け、靴も履かずに外へ飛び出した。私はおたおたした気持で後を追いながら、居間を抜ける間際に愛しい彼女を流し見した。なんと、彼女はこの騒動の最中にも先のまま不動の状態、つまり狸寝入りしているのであった。娘はプレハブ小屋の階段を慌てふためきながら駈け上り、室《へや》へ這入った。室の電灯が点った。私はその寸劇を呆然と階下から眺め遣って、「一寸《ちよつと》……、君は関係ないじゃないか……」と何が何やら解《げ》せぬ気持、それに酔いの気分からこの劇の一幕が幾分可笑《おか》しくもあり、同時にここへ居てはまずいという理性の念に諭されて、苦笑に顔を歪《ゆが》め頭を掻《か》きつつ、夢か現《うつつ》か覚束《おぼつか》ぬ足取りして、自室へと戻って行ったのであった。

午前一時、私は全然眠りたくなかった！　室へ戻ってから暫時《しばらく》も経《し》ないうちに、先刻《さっき》の狂熱の反動が元来脆弱な砂岩さながらの神経を穿《うが》ち、それと相成って臆病の悪癖ともいうべき自己保身の観念が俄然《がぜん》私を脅《おびや》かすようになっていた。無論それは明日への不安というかたちで！　新規の娘は室で落ち着きを取り戻し、自分が二人の色恋沙汰には一切関係しないのにもかかわらず、如《ど》何《う》してあんなふうに取り乱したのだろうと赤面《せきめん》して——ヤだ、私ったら何んだか子供みたい。いやア、それにしてもあの二人、あんな関係になってただなんてねエ。ヒヒ、私に見つかっちゃってお気の毒様。明日はどうしてるか見物《みもの》だわね、一つ揶揄《からか》ってやろうかしら——とでもなって居てくれたなら！　私はそう成る可能性を心底信じたかった。しかしそうはならず、自分がどんなに恐ろしい思いをしたか、あんな獣物《けだもの》と明日も顔を合わさなければならないなんて到底《とうてい》堪えられない、とても同室の女に涙ながらに直訴《じきそ》していたとしたら、私の明日はどうなるのだろうか。そして亜由美までが女特有の感化しやすい観念を持ち出して、被害者として結託《けったく》したとしたら——私達は断《だん》じてあの凶悪な犯罪者を許すわけにはいきません、どれ程《ほど》の苦痛を私達が受けたか、オオ！　恐怖《おそろ》しい！　あんな狂人は刑務所にでも打込《ぶちこ》んでしまう外《ほか》ない、と凛然《りんぜん》たる顔付きでいい出しでもしたとしたら、私はどうすればいいのだろうか。……しかし私はそれほどひどい罪を犯したのだろうか？（泣き叫ぶ娘を打擲《ちょうちゃく》して玩弄《もてあそ》んだわけでもあるまいに！）そうだ、第一といって誘惑して来たのは亜由美のほうからではなかったか？（確かに！　何故俺だけ罰せられなきゃならんのだ！）否！（大体、何故あの娘が逃走《にげ》る必要があるってんだ！　自意識過剰なんじゃないのか！）否！（まったく、俺はどうかしてたんだ！）ああ、しかし何んてこと！　先刻《さっき》のが夢であったなら！　と、丸くした身体《からだ》に羽毛布団をめちゃくちゃに引被《ひっかぶ》って、眼の先にある黒闇《やみ》に先刻の光景を描写する以外《ほか》能《あた》わない状態の私であったが、やはりそれにしても、一寸の呵責の念も浮かび得ないのはこれ偏《ひとえ》に酒の力によって顕著《けんちょ》になった性質によるもの、自己弁護と逃げ口上の沁み着いた卑怯な心のうえには全然《まるで》念頭に上って来ないのである。そうしてやはり私は、疲労と睡魔から楽観的諦念の教示を受けて、いつしか微睡《まどろ》みの境《さかい》へと転落したのであった。……

一度室を出て行った昌ちゃんが暫時《しばらく》するとまた戻って来て、私を呼ぶのである。愈々《いよいよ》朝がやって来たのだ！

「……ア、ウン、ごめん一寸《ちょっと》俺気持が悪いから、今日朝食要《い》らないって言っといてくれないかな。仕事は出るから……一寸時間まで横になってるって、社長にそう言っといてくれないかな」深酒のために嗄《か》らした声音して、宿酔《しゅくすい》の態度らしい生気の抜けた装いして私は答えたが、やはり私は彼の眼を真面《まとも》に見ることが出来なかった。

「大丈夫？　昨日も大分《だいぶ》酔ってたものね。僕、薬貰って来てあげよう！」

私は何んとも複雑な気持であった、昌ちゃんは私の道化を真実と捉えて、それを伝言する役目を負わされ、皆なの居るであろう食卓へと戻って行ったのだ！　宿酔は本当であった、寝不足のために緊張した心身はひどい倦怠感となって圧《の》し掛かっているのだって真実、然《さ》りながら、そうした仮病的な態度へ私を至らしめた要因というのは、やはりこれから起こるであろう心配事からの一時的な逃避であった。眼前に迫り来る恐怖と恥辱の事象から、私は未だ眼を背けて居たかったのだ。これは自からで育んだところの性質といって相違なかった、体面ばかし気にするような性格というのは自己愛性の神経症、その種の精神疾患といっても過言ではないだろうから。

今時分の食卓はどんなふうだろうか、亜由美は居るであろうか、新規の娘は何事もないようにして席に着いているだろうか、私がその場に居ないことを二人で顔を見合わせ見合わせして笑っているであろうか、社長は——平時《いつも》の如く豪快な調子して私の宿酔を笑っているであろうか、豪快、愉快と、笑っているであろうか！　それだけを我は切望する！

……「どう調子は？　吐気止めと、これは胃薬、頭が痛いならこれ頭痛薬ね、ここに置いておくからね、屹度《きっと》飲むんだよ。何か食べたほうがいいんだろうけど……」と朝食を終えたらしい昌ちゃんが、私の枕元に薬を、小卓の上に水の入ったコップを置いて、同情を湛《たた》えた一瞥を私の額にくれた。私は譫言《うわごと》のように謝辞を繰り返した、それ以外には発言し得なかった。彼はそれから黙然として仕事着に着替えだした。その間の、何かしら緊張めいたものが二人の間には挟まっていた。それは私だけが感じたものであったろうか？　後ろめたさからそのような暗い想像を私はしたのだろうか？　しかし未だ彼が私の気にするところの何かをいわないのを見て、私はこの不安が杞憂であるようにも感じだした。が、

「……ア、それとね、社長が事務所に来るようにって」

矢《や》っ張《ぱ》り！　私はハッとして彼の顔を見た、そこには彼のいわんとすることが含まれていた。しかし敢えて穿鑿《せんさく》するような下世話な根性を彼は持ち合わせていなかった。彼は私に気を遣っている――私の敏感な神経は直ぐにそのことを報《しら》せた、がまた彼自身も私同様に敏感な神経の持ち主であることまでは教えなかった。私は彼を利用したに過ぎない、その彼が私を気遣う……。私は自分の小心を惨めに思った、そしてやはりそんな自分に対しては甚《はなは》だ嫌悪感が増して来るのだった。然《さ》りながら、彼のそうした姿勢というのは有難いものに違いなかった。私の神経を掻《か》き立てず、そっとしておこうとする優しさであるのはどこから見ても確実《たしか》なことであったから。漸《よう》く審判が下されるのだ、私はベッドを下りて外へ出た。虚脱みたような状態に映しだされた白けた朝の気配は、目頭に滲み来るものを運んで来た、私の足取りは夢遊病患者さながらにふらついていた。

事務所の扉を開けて直ぐ、私は多数の眼に照準を合わされた。社長、お上《かみ》さん、亜由美、新規の娘とその同室の淑女が、四角の卓を囲んで椅子《いす》に座っている。卓の右側に、赤く泣き腫《は》らした眼してティッシュを鼻に当てた新規の娘とその同室の淑女、左側に亜由美、奥に社長、手前側で振り返ったのがお上さん、という配置であった。皆なは私の姿を認めるや瞬時にこちらへ向けた照準を取り下げたが、一人社長だけは見定めたままの態《てい》で「こっちへ来なさい」と物静かに、しかしひどく厳格な調子でいった。私はこれ等の雰囲気からいっても、疾《と》うに降参していた。お上さんは椅子を離れて私に席を譲《ゆず》った、彼女は社長の脇へと廻った、座りなさいと社長は私に命令した、私はそれを辞退して空《あ》いた椅子の後ろで立ち竦《すく》んだ。

「どうして呼ばれたか理解《わか》っているだろうね？」

「……はい」

「君は、とんでもないことをしてくれたな！　何をしたか理解《わか》っているのか！」

「……はい、理解《わか》っています」

「では何をしたか、正然《きちん》と自分の口からいうんだ！」

私は先ずこの問いに対する準備がなかった！　彼女に何をしたか、それを敵の面前で白状するというのは自死を意味するというものだ！　で、「亜由美ちゃんに……」といったきりで私は口《くち》籠《ごも》ると、昨夜の一幕を回想しながら、どのようにいうべきものかとの思索に顔を顰《しか》め、やはりその全貌《ぜんぼう》をありのままに話すなぞいう愚なることは、頑《かたく》なな自惚《うぬぼ》れによって遮《さえぎ》られ羞恥《しゅうち》で以《もっ》て憚《はばか》られた。しかし彼等は私の告白と懺悔を是非とも聞かなければならなかった。殆んど私の体感の上には長い沈黙が冷たく圧《の》し掛かった、社長は凝然《じっと》私の面《つら》に眼を据えたまま口を一つに結《ゆ》わえて居る、その外《ほか》の一団はいつ沈黙が破られるものかと眼を泳がせたりして居る、私は決断を迫られる、一刻も早い覚悟を決めなければならなかった！　そしてつい急《せ》かされているような気持から、「その！」とまでは勢いよく口に出したものの、元来《もともと》の正直でない性質が崇《たた》って思考停止と相成《あいな》り、それにやはり卑怯が習い性《しょう》となった私の口から出たのは、「とんでもないことをしてしまいました！」と社長の言葉のループ、そして畳み掛けるように、「それで新規娘《かのじょ》にも、ひどい、怖がらせるようなことになってしまって、真実《ほんと》に、申し訳なかったと思っています、すみませんでした！」と駈け足に謝罪へと廻り、告白するを避けた。が、ここで自分でも予期せぬことに、深く頸《くび》を垂れた私の鼻筋に沿って、涙が一つ走って行った！

「反省していると君はいうんだな！　で、君はこんなことを為出《しで》かして、これをどうする心算《つもり》なんだ、君の意見を訊かせ給え」

「（どうする？　どうするって何を？）それは、その、……（ア！）このまま、農場《ここ》に俺が居るのは良くない、と思います、だから責任を取って、今日、これからでも、此処《ここ》を出て行きます！　それがいい！　真実《ほんと》に！　真実《ほんと》に！　全部俺がしたことなんですから！」最早私の両の瞳《め》からは熱涙が止めどない勢いで溢れていた、しかしそれほどに涙する理由は何んであったろうか？　実際私の涙は誘い出されたものだったのだ、苦しみといって苦しみに非《あら》ず悲しみといって悲しみに非ず、何といってその感情の如きは明白にし難《がた》くあるが、このときの心情の如きは凡《およ》そ命乞いといって相違ない。

突如《とつじょ》、「バカモノッ！」と社長は呶鳴《どな》った。

「責任を取って辞めるだなんて、それは聴こえはいいかもしれんがね、辞めることで解決しようだなんてのは卑怯な奴の発想なんだ！　単純に君はここから逃げて、事を済ましてしまおうとしてるのと一緒なんだぞ、そんなのは俺が済まさせんからな！　それでも、君が是非そうさせてくれっていうのなら無理に止めはせん、しかしこれだけはよく覚えておくんだ、君がここで逃げ出すようなら、君は何処へ行ってもまた何回でも、同じことをするだろう！　君が責任を取るというのなら辞めずに最後までここに居て、最後まで皆なと一緒に働いて、皆なと一緒に農場《ここ》を出て行き給え！　それが責任の取り方というものだ！」

　私は腹の中を見透かされた思いで戦慄した。

「……しかし、一つ俺の中で解《げ》せんのが、君がどうしてそんな破廉恥なことを為出《しで》かしたのかということだ、それについては君自身どう思っているのかね」

「自分でも、どうして、そんなことしてしまったのか……、判然《わか》りません……」

「フウム？　理解《わか》らないというのか。君は、誰にでもそういったことをするような奴じゃアないだろう？　それは従来《これまで》君を見て来たから、俺達も理解《わか》っているつもりだ。ナ、そうだろう君、君は彼女のことが好きだったんだろう？　だからそんなことを為出《しで》かしてしまったんだろう？ナ？　そうだよナ？」といわれると実情はそうでないので私は内心小首を傾《かし》げたかったが、この場合肯《うなず》く外《ほか》に仕様がない。

「ウム、マア君の気持は理解《わか》った、許されるかどうかは別だとしてもね。君達、君達女性陣は、彼の今後についてどう思う、どうするがいいと思うかね」社長は初めに亜由美を瞥見《べっけん》した、しかし彼女は頭を垂れたまま肩を丸め、手は腿《もも》の上に重ねて置いている態《てい》を崩さなかった、そこで社長は次ぎに顎先《あごさき》を左に向け、新規の娘と淑女、それぞれに眼で訴えた。二人の女は隣り同士で視線を交した、先に切り出したのは淑女であった。

「私も社長と同じで、出て行くのは責任を取ることになっていないと思います。寧《むし》ろ出て行っては不可《いけ》ない。彼のやったことは勿論《もちろん》許されないことです。（新規娘のほうを見遣り）もし彼女がその場に居なかったなら、（私を見て）貴方はどうなっていたと思いますか。それこそこういう場だけでは済まないことになっていたか知れませんよ。そのことをよく考えてください、そしてよく反省してください。これからをどう過ごすかが、貴方には大切なことです。それでまた私達の見方も変わるでしょうから。（社長へ視線を戻す）あとは当事者同士のことなので私が口を挿《はさ》むことではないですけど、私は、あと二週間の農場《ここ》での生活を、これまでのように全員で愉《たの》しく過せればいいなって、そう思います」

社長は納得らしく二三度頷《うなず》いたあとで椅子の背凭れに深く背中を預けながら、「ウム、そうだ、彼女のいう通りだ」といって一拍置いてから次ぎには姿勢を戻しつつ、「新規娘《きみ》は、君はどう思うかね」

新規娘は私に対する意見というよりも、やはり自分のとった行動が招《まね》いた結果の反省を語るうちに、自身で感傷に触れたかして一涙流し、手に丸めたティッシュを鼻に宛がって憐《あわ》れを態度で訴えた。淑女は同情して彼女の肩をさすった。

「君達の気持はよく理解《わか》った。亜由美ちゃん、君はどうかね」

「私は皆がいいなら……、大丈夫です」

「そうか、では彼にはよく反省して貰って、この話し合いはこれで終りということでいいね。サア君、皆なへ謝り給え！」「迷惑かけて、真実《ほんと》にすみませんでした！」「君、俺にじゃなくて彼女達に謝るんだぞ！」「真実《ほんと》に！　ごめん！　君達！　ごめんよ！」「ウム、そうだ！　ほら、若者らしく握手して、仲直りし給え！」……

一通りのことが済んだところで社長は私と亜由美とを残し、あとの二人は仕事に向わせた。社長は今一度彼女に謝罪することを私に求めた、私はそれに応じた、それから社長は私の性根が悪でないことを懇々《こんこん》と亜由美に説き、許してあげるようにと諭した。私は涙に溺《おぼ》れた瞳孔で一連の様子を眺めながらも、その役割に準《じゅん》ずる者である限り、外《ほか》の演者の動きを観察することを忘れなかった。社長はこのときより父親らしくあった、お上さんは手を前に組み合わせて伏し眼がちにして、一切《すべて》を父に任せる母そのものであった、私は泣き虫な落第者の息子であった。そんな中、一人異才な者がこの即興劇には混じって居た、時計は八時を指した、無論それは亜由美であった。

彼女はこの劇の中で陵辱《りょうじょく》された女の役《やく》を遣らなければならなかった、問題はその役柄が彼女の性質と全然《まるで》合っていないことで、それがために彼女の演技には一寸《ちょつと》した違和感がついて廻った。愁《うれ》い顔は下手くそで醜かった、顔の血色《いろつや》といって平時《いつも》と変わらず、瞳も潤《うる》んでいなければ無論その頬に涙一つ流した痕跡もなく、といって平生でない様子は折々《おりおり》頭を垂れることから見て取れるが、その隠した口辺に冷笑《れいしょう》みたようなものを微《かす》かに漂わせてしまうといった始末なのである。これは一体どういったことだろう！　その違和感を察知し得た者は私の外《ほか》にはなかった、何故なら社長もお上さんも実直な人柄の、極めて情に厚く、頗《すこぶ》る気立ての好い人達であったから。しかしこのときの私には全然科白《せりふ》が与えられていなかったので、こうした違和感をこの場に印象付けて留《とど》めて置くことはできなかった。とはいえ、後々に私はこの事実を判然《はっきり》思い出すことになる。魚の小骨のみたく喉元で引っ掛かったそれが、ひどい膿みを生じたときに！――亜由美は退場した。

三人となった室内ではそれまでの吹雪が一変《いっぺん》して、嘘のような青空になった。社長は私の失策《しっさく》を豪快に笑い、明々とした陽射《ひざ》しを降り注いだ。お上さんは私を憐れみ、雨樋《あまどい》から滴《したた》り落つる雫《しずく》のような透き通った涙を、その足元に落とした。私はそうした彼等の――恰《あたか》も北海道の自然を見るが如く――広大で美しい心を眼前《まのあたり》にして、漸《ようや》く自分の罪悪の意識に気付き、ここまでの芝居めいた自分の浅ましさを恥じた。それは私の眼に、新たな涙を誘った。勿論先刻《さっき》までの涙とは一線を画するものとして。彼等は私の非行のために、その良心を傷つけられた犠牲者だったのだ、私は尊敬する彼等の情を愚弄した悪質な加害者だったのだ、これほどに私を愛してくれた彼等に。実の子供同様に、私を愛してくれていた彼等に！

また、彼等はこういった、「君は今までのように明るく元気で居なさい、そうでなければ君でないから――」しかしこうしたことが問題となった後でどうして私がそれに応えることが出来ただろう、元来悲観的な性質であるのに加えてこの騒動で疲弊した魂のうえで。そしてそのような立ち居振舞いは台本からしてやけに矛盾した筋であり、そんな作の役柄を演じる勇気なぞ私は持ち合せていなかった。もし仮にそれを遣って退《の》けたとしたならば、私は一層反感を買うことになるだけだろう。何故といって、人は絶えず厳しい監視の眼を光らせて、歪《いびつ》なものを取り除こうと身構えているものなのだから。

その日の昼休み、私は昌ちゃんを倉庫裏へ呼び出した。既に何かを察知していたらしい彼は決まりの悪い表情をしてそこへ現れた。そして「一寸《ちょっと》ここに座ろうか」といった私の言葉を合図に、私達は横並びにしゃがみ込んで倉庫の壁に凭れた。

「昌ちゃん、今朝はごめんね、俺さ一寸《ちょっと》おかしかったでしょう。その、昨日の夜俺、お茶飲みに行くって出たあとにね、亜由美ちゃんにキスしちゃって――」と私が彼の顔を盗み見しながらいうと、彼はひどく驚いた顔して仰反《のけぞ》ろうとしたようだったが背後に壁があるのでその頸《くび》を垂直にしただけであった。

「そう、でね、そのぅ……、それを新規娘《あのこ》に丁度見られて、一寸《ちょっと》した騒ぎになったたってわけで」

とやはり私は彼にもその全貌をいえなかった。

「ア、そういうことだったのかア、どうしたんだろうってば思ってたけど。その、君が亜由美ちゃんにキスしたってのは、それは酔っ払ってたから？」

「ウン、そう」

「亜由美ちゃんは、それについては何んて？」

「ごめんねっていったら、ウンとか……、ウン大丈夫とか、そんな感じだった」

「ンー。それで終わった感じ？」

「そう。初めは農場《ここ》をね、もう俺出て行くっていったんだけど、それは社長に駄目っていうふうに怒られて。でも、俺、何んだろうね、ウン、これからどうしたらいいんだろう？」

「ンー。……マアでも、それで二人の話が終わったんだったら、そんなに落ち込むことなんてないと思うよ。大体、関係ない他人《ひと》が騒ぎ立てるようなことじゃないと思うんだけどな」

といって、このあとも昌ちゃんは私に強い同情を示して、私を擁護して、味方になってくれたのであった。このときの彼の深い慰めや同情を湛えた顔付きに、私はどれほど救われただろう！彼の亜由美に対する本当の気持といったものはわからないが、ただこのときの彼は、眼の前に居る友人の魂《わたし》を暗闇から救済しようとしてくれたのだ。私の涙腺はまたしても刺激されないわけにはいかなかった、彼のような稀有《けう》なる友人をこの旅先で得たことを、そうした奇妙な巡り合わせの縁を、二人が並んだこの晴れた空の下で、心底感謝したい気持であった。

然《さ》りながら、やはり私は所謂彼等のいう私ではなくなったのだ。これは私の性分がそうさせるのでどうも仕方がないのだが、その日は特にその調子で、そのあとも二日三日と経ったが、私は悄然とした心得《こころえ》を崩さなかった。農場へ来た当初の臆病のそれとはまた違う性格した保護されたばかりの犬のようになって、それは自分ながらいじけたポーズのように思えなくもなかった。昌ちゃん然《しか》り、事の経緯を知らない池爺、京ちゃん、大学生の男なんかは余計にも、そうした私の変化に困惑を余儀なくされた。時間が解決するであろうことを認識する父母としては、敢えて構おうとはせずに経過を成り行きに任せて置くことを選んだ。一座を取り巻く空気はひどく渋いものであった。依然として変わらぬ亜由美と京ちゃんの関係、新規の娘、それに事件を知るも知らぬも雰囲気の一変した私に巻き込まれた家族全体に生じた歪《ひず》みは、最早取り返しのつかないところへ流れて行くように思われた。

私は夕飯が済むと独り自分の車で近くの小川へ出かけるようになっていた。それは小川といっても整備された用水路のようなものである。滅多に人も車も通らないその傍らに停車して、助手席のダッシュボードの中から——車検証やら紙屑《かみくず》やらが滅茶苦茶に放り込まれた中に押し込まれているオカリナを引っ張り出して、幾時間曲という曲もなく吹き散らした。平野の先のほうで茫《ぼう》とした光りを湛《たた》えているのは駅の周辺に栄えた街らしい、私の居るところから見ると丁度夜の海を挟んだ対岸に街の明滅を見るような感じであった。私は幾度も幾度も吹くのを止めては、呆然とした心持でその景観を眺め遣った。そこには多くの人の営みがあるのだ。過去の記憶を遡ると、曾《かつ》て故郷に居た時分の温かいものを見るようだった。それはすぐさまに友達や別れた恋人の面影を連想させた。そのうちに景色は萎《しぼ》み、私は夜に覆われた独りきりの気配に立ち帰って、暗く嘆息した。孤独の側面しか知らぬこのときの私は、現状寂しくて寂しくて堪らなかった。……

それから四日後、それまで車で行かなければならなかった遠方の畑が前日に終わって、この日から歩いて行ける距離の畑に移った。その日の夕方、私は意を決して、それは仕事が終わった直後に、一寸話《ちよつと》があるから二人で歩いて帰ろうと亜由美に持ちかけた。機械に乗っていた外《ほか》の面々は私に注目した。亜由美は戸惑いながらもこれを承諾した。私達二人は畑の中を歩きだした。橙色の丸い大きな太陽が地平線に沈み行くのを背後《うしろ》にして、私達は皆なの帰路とは別の路《みち》の、砂利の敷きつめられた農道へと出た。影は下のほうから長く伸びて、先行く路の上にあった。亜由美の影は私より小さく、幾分か後方にあった。私はふと、大関松三郎《おおぜきまつさぶろう》の夕日の詩を思い出した、とはいえ私達は夕日に向って歩いているのではなくて、寧《むし》ろ見送られているようなものだったのではあるが。

「色々と、ごめんね」

「うん」

「俺ね、君のこと好きだよ」

「うん」

このとき私達が交わした会話はこれだけであった。それは自分ながらに嘘らしくも思えたが、私が彼等の面前で公言したという意味での気持の整理、且つそうしたことへの誠意という意味においても、『好きだよ』といった文句を発した時点で充分果たすことが出来たものと私には思われた。そして晩餐のとき、「君達は仲直りしたんだね！」と社長は出し抜けに両の顔を眺めていった。私ははにかんで微笑した。亜由美は以前みたく快活な素振りして、「社長ぉ、私達そんな喧嘩なんてしてないですよぉ。ネ？」と私の顔を見て、いった。

父母はこのことから幾分心安くしたようであった、ここ数日の陰惨《いんさん》ともいえる晩餐がまた以前のようになることを期待してか。亜由美の中でも、これで彼女の農場物語は佳境に入ったと思ったことだろう、そして社長、また家族も然《しか》り。が、私にはこれからが新たな続章の幕開けだったのである。

亜由美はその晩からまた従来《これまで》通り、私達の室《へや》に来るようになった。私と完全に和睦したと思っているらしい彼女は、ここ数日の私の雰囲気を皮肉交じりに軽《かろ》く揶揄《やゆ》した。昌ちゃんは苦笑で返し、池爺はビールを飲み飲み、「仲良き事は美くしき哉《かな》」と、我々の様子を眺めながら武者小路実篤の文句を口にした。そして平時《いつも》通り、池爺は九時頃には床に就いた。ストーブの暖気が満ち、若者達の活気の戻った室内において、顔赤くして高鼾《たかいびき》する彼の寝顔というものは、心配事のない子供のように、安らかなものであった。再び安寧が我々のところに訪れたのだ、私自身にしてもそのような心持から、すっかり胸のつかえが解《ほぐ》れたような気がしていた。そして九時半になった、私は梯子《はしご》段を上がる際に亜由美を一瞥した、彼女は昌ちゃんのベッドの縁に肱《ひじ》を掛けて凭れながら、以前の無邪気らしい顔を彼に振りまいていた。私は寝床のうえに仰向けになると携帯電話を手に、ネットの雑文なぞを見遣りながら、このまま最後まで——農場を出るその日まで——何んとかやって行けたらいいな、とそんなことを茫然《ぼんやり》と考えていた。新規の娘とは、あの事件から一切会話をしていなかった。彼女は明後日農場《ここ》を発つことにしたらしい。「彼女は、君のことを気にかけてるよ」と社長は晩飯のあとで私に囁いた。今更、どう彼女と接すればいいのだろうと私は思考しながら、しかしそれでも彼女の最後のときくらいは、農場《ここ》での生活を悪いように思わせたままにしておきたくない、とそんなふうに思った。会話を交わすなら最後の日だろうと予想して、それはいつの時間帯だろうか、もし話しかける場面が来たら一言謝ろうと私がそれとない想像をしていると、人の動く気配がしたので私はふいと頸《くび》を廻した。すると亜由美の頭髪がひょっくり見えて、それを私はてっきり帰るものだと思い、「おやすみイ」といおうとしたとき、何んと彼女は昌ちゃんの手を取って、それから、二人は外へ出て行った！　屹度《きっと》彼等は歯磨をしに行ったのだろう、それらしい会話が聴こえたから！　が、何故亜由美はそこに私を誘わなかったのだろう？　今しがた私と眼が合ったというのに！　晴れかかっていた私の空模様は、このことから一挙に怪しいものになった。

暫時《しばらく》して彼等は帰って来た。室《へや》へ近づいて来る足音を聴きつけた私は、当然狸寝入りした。電灯のほうに顔を向けていた私の目蓋《まぶた》の赤い網膜に、一寸《ちょっと》した影が差し込んだ、次ぎにその影が動いて、目蓋の中側《うちがわ》がまた赤い発色に染まった、そして昌ちゃんが、「ア彼、もう寝てるよ」と囁いた、そして彼は何事かを吐息声でいうと、ストーブを切って電灯を消した、私は最早猛烈な感情に頭といわず胸といわず掻きむしられる気持して、殆んど叫び声を上げたかった！　何故、亜由美は、彼のベッドへ這入っているのだろうか！　それだけに止まらず、

「寒い寒い、もっと布団の中に入れてョゥ」「ネエ腕枕してェ、寒いからァ」「一寸《ちょっと》ぉ、ヘンなとこ触んないでよぉゥ」「ウフフ、ウフフフフ」……どうして！

私は何が何やら理解《わか》らなかった！　彼女は、私が好きだといったあの言葉をどういうふうに捉

えているのだろうか、そんな告白をした私の居る場所で、幾ら寝ている（態）といったところで、こうしたことを遣って退《の》けるなんて、一体どういう神経をしているのだろうか。これは私に対する愚弄だ、明白《あきらか》にフツウでない、彼女が金持のお嬢さんだから？　道理も知らない子供みたいに天真爛漫なだけなのだろうか？　二十二三にもなって？　もしかしてその感覚なんてものが、貧乏に生まれついた俺には理解《わか》らないのか？　どういうこと？　そこで私の直感はこう答えた、「彼奴《きやつ》は生粋《きっすい》の誘惑者なんだ、本当にあざとい女だ！」ところがもう一方の本能は、「どうして俺じゃなく昌ちゃんにそんなことをするんだ、俺だろ、お前は俺のものなんじゃないか！」

最早この時点で私は猜疑嫉妬の徒へ変貌してしまったのである。彼女は一時間もしないうちに室《へや》を出て行った、「また明日、ネ」と昌ちゃんへ告げてから！　そして次の日もその通り彼女は来た、そしてまた私を嘲弄《ちょうろう》するように同じことをした、今度は私が起きているのを屹度理解《きっとわか》っていながら。これ見よがしに！　軈《やが》て、というよりもやはり、ここに風狂の発作は起った。忽《たちま》ち私の頭脳は敵味方の判別を失くした、友であった筈の昌ちゃんを嫌疑して、彼が自分のものを掠《かす》め取ろうとする泥棒でもあるかのように錯覚した！　彼は私の味方ではなかったか？　これも雄《おす》という点においては全く敵だったのであろうか？　否、そうではない、彼は私の友人だったのだ。ここに理性を失っていたのは、やはり私だけなのであった。

思い込みというやつがどれほど人の心を支配するものだろう、そして自己へ如何《いか》なる暗示をかけているものだろう。その全殉教者であり悲しむべき奴隷である私達に、この諸刃の剣を携えた、悪意の化身というやつは……。

翌日、新規の娘は午後五時頃に農場を発った。三時の休憩時、新規娘《かのじょ》が別れの挨拶を皆なの前でしたときに、私は進んで行って彼女と握手した。

「君、色々とごめんね。最後にハグでもしようか」彼女は涙眼《なみだめ》に笑顔を作って頷《うなず》いた。「貴方も、頑張ってね」これが私との最後の会話であった。

それは美しい青春の場面に違いなかった、刹那の愛着、同窓の友情、卒業生の追懐《ついかい》――そういったものが各人に少しく感動を与えた。

その日の夕食は一つ空いた席のために寂然《しゃくぜん》としていた。そしてその夕食が済んだ後、自室のストーブの前に独りぽつねんとして暖《だん》を取って居たところ、亜由美がまた平常《いつも》通りに来たのであった。ドアがそろそろと開いて、彼女は先ず私と眼が合う、それから昌ちゃんのベッドを瞥見《べっけん》する、目当ての者が居るかどうかを確認したのだ！　そこで私はストーブの前を起ってシングルベッドへ腰かける、それから彼女に自分の隣りへ座るよう勧める。

彼女はそれとなく私に視線を向けないようにしている。私はその様子を尻目に見ながら彼女が腰を下ろすと同時に、「君は、俺が君のことを好きだっていったこと、覚えているだろうね？」

彼女は何んとも面白味のない様子して少しく頷いた。

「君はあれを冗談だと思っているの？」

「思ってないよ」

「だったら何んで君は、昌ちゃんと一緒に寝たりなんかするの？　君、昌ちゃんのことが好きなの？」と、未だこの女への執着が半端であった今のときに、「ウン！　実はね私、昌ちゃんのことが好きなの」といってくれたならどれだけよかったか知れない！　だが、

「ウフフ……、それは貴方の勝手な思い込みだよぉ。別に私達は貴方が思うようなそんな関係じゃないし、私は昌ちゃんを弟みたいに思ってるだけで、昌ちゃんだってねそんなふうに私のことを見てないよ。女としてなんか一寸《ちっと》も見てないよぉ、私を好きだっていってくれるのは貴方だけ……」と、これだ、媚女《コケット》の天稟《てんぴん》！　が、疾《と》うに猜疑嫉妬の徒なる私《わたくし》、歓喜の念よりも湧き上がる怒りの念、

「いや、そんなら言わせて貰うけどさ、何んで昌ちゃんの布団に這入って行ったりなんかするの？　おかしくない？　しかもそんなふうに好きだっていう男が上に居るってのにね、下では何してるか知んないけど、何んかゴソゴソしたりしてさ、俺がどんな気持で居ると思う？……ねえ、君は一体どんな心算《つもり》でそんなことをするの？」といったとき、ここでふと或る疑惑が回収されたかのような閃きを覚えた。

「それは悪かったよ。でも、私、何も考えてないんだよ。ただ、昌ちゃんはすごく優しいし、甘えさせてくれるから、私、嬉しかったの。それにね、私からばっかり這入って行ったってわけじゃないよ、昌ちゃんだってこう布団開けてね、這入って来いってしてして……」

「アア！　いいってもう！　そんなの聞きたかない！　何んで君はそうかなア！　いくら何んでもおかしいよ、そんな、子供じゃあるまいに？　あのねェ、君が思っているほど男の性質ってのは甘かないんだよ、そんくらいも理解《わか》んないのかよ君は！　大体、そんなされたからって、フッウ這入って行かないでしょッていいってんの。そうやって這入って行くこと自体おかしいんじゃないかっていいってんのッ！」

「わかったよぉ、そんな大きな声出さないで。私、乱暴な声出す人ダメなんだから」

「君が大きな声を出させるんじゃないか！」

「もう、落ち着いてよ、怖いよ貴方。私そんな大きい声出されると心臓がキュウって苦しくなるんだよ。だからそんないわないで、じゃないと私、貴方のこともっと嫌いになるから」

「どうして……どうして君はそんなことをいうんだ……」

「私、以前《まえ》の貴方は好きだったよ。いつでも笑ってて、二階《うえ》に居るとね、下から貴方の笑い声が聞こえて来て、京ちゃんと、まだ喋ってる頃はね、何んの話してあんなに笑ってるんだろうねって、よくいってたんだ。それがすごく羨ましくて、ホラ、私と京ちゃんじゃ、話してもそんなに大笑いするようなことってないじゃない、だから私、下へ遊びに行きたいなアってその頃よく思ってたの。でも、それが間違いだったんだよね、貴方をこんなふうにさせてしまって。その頃の貴方はね、いつでも、皆なの前でも、愉《たの》しくて好きだったよ、でも今の貴方は、何んだか、あんまり好きじゃない。だから以前《まえ》みたいに、愉しい貴方に戻って」

「……愉しい？　俺が？　ハハ……、あれは演技みたいなものだから……。君がどう思ってたか知らないけど、俺は元来根暗《もともと》なほうの人間なんだよ」

「……演技！　演技って何！　私、貴方のこと真実《ほんと》に見損なった。そんな、あれが演技だなんて、そんなこと一寸《ちっと》も聞きたくなかった」

「エ！　いや、あの、演技……ってわけでもないんだけど、何んていうかね、その」

「もういいよ。私、今日は帰るから」

彼女は出て行った。その夜から、彼女は私達の室《へや》へ来なくなった。

私、昌ちゃん、池爺の三人の室は、それからめっきり静かになった。昌ちゃんは夕方から自分の趣味事に出かけて行って皆なの就寝前には屹度《きっと》帰って来た、池爺は母屋の居間で社長家族を相手に酒を嘗《な》めたりテレビを見るなりして過ごしていた、そして私はまた近くの小川へ行くか、十分ほど車を走らせたところにあるコンビニの駐車場の奥のほうに車を停めて、その明かりに行き交う人達を眺めたりした。とはいっても、私達三人は決して不仲になったというわけではない、いい加減三人で居る空間に飽いただけのことなのだ、そして夫々《それぞれ》は夫々の愉しみ方に帰って行こうとしているだけのことなのだ。

淑女は期間を終え、遠い実家へ帰って行った。それから数日後には、大学生の男も別天地へと旅立った。私達はまた初めのメンバーに戻った。しかしその食卓にも最早冬は近く、人は物思いの顔をして、冷めた会話を取り交わすよりもその戸を閉ざすほうを選んだ。

そしてまた、私達も別離《わか》れなければならなかった。芋掘りもすっかり済んでしまったのだから。以前社長のいったように、それは皆な一緒に、同時日にといったような別離にはならなかった。というのも、私は彼等よりも一足先に席を外《はず》すことにしていたからであった。社長家族は、「そう急がずに皆なで一緒に出ればいいじゃないか」と私に忠告したが、私の決心は変わらなかった。そんな私には或る隠された計画があったのである。その人知れず画策されたことのためには、是が非でもいち早く、彼等の許《もと》を去らなければならなかったのだ。——

まだ淑女と大学生の男が居た頃の、最後の畑での農作業が終盤に差し掛かった辺りで、天候が優《すぐ》れない日なんかになると、社長は私達に会社のバンを貸し与えてくれた、そしてどうぞ観光して来なさいと勧めてくれた。それは北海道の冬が間近であるから今のうちに、という心遣いからであった。

私達は計画して、ラベンダー畑や、ワイナリー、博物館、温泉、夜はカラオケなんかにも行ったりした。運転は昌ちゃんか私のどちらかだった、池爺は若い者は若い者同士でといって平時《いつも》来なかった。助手席には亜由美か京ちゃんが座った。彼女等は、この北海道という広大な土地においては余り必要としない地図を片手に、殆んど運転手の話し相手といった役目をしなければならなかった。それは昌ちゃんが運転手のときには、大変巧くいった。彼女等は各々の特性を活《い》かして、まるで昌ちゃんと二人きりで旅行しているかのように、愉し気に戯れ合った。そこには彼女等のどちらともに、昌ちゃんに対する好意といったものが表れていた。ところが、これ私の場合となれば、彼女等は先ず黙然《もくぜん》としている！　そしてその後部座席ではそのどちらか一方が相変わらず昌ちゃんと巫山戯《ふざけ》合っていて、且《か》つその相手が亜由美であろうものなら、猶《なお》のこと私は面白くないのである。それに段々と嫉妬の念が催されて来るのには自分ながら始末が悪く、遂には乱暴な運転に打って出る。すると無論、車内の空気は俄然悪くなる。が私はそれを自分の所為《せい》だとは思わないのである。何故といって、私は彼等をどこぞまで無償で運ぶお人好しの運転手ではないのだから！

こうした或る日のこと、出先のとあるフードコートで午餐《ごさん》して、皆なは土産物なぞを覗いているうちに、先に車へ戻って皆なの帰りを待って居ると、前方から亜由美が歩いて来るのが眼に付いた。このとき私が車に乗って居ることに、彼女は気付いていないようであった。そして後部座席のスライドドアの前まで来て漸《よう》く私の存在に気付いたが、最後部の席に居た私を一瞥した亜由美は我れ意に介さずといった態《てい》でドアを開き、一顧もなく私の斜め前の席に座るや、懐《ふところ》から携帯電話を取り出して弄《いじ》り始めた。そうした様子に私は寂しさからの反感を抱きながらも、努めて柔和な声色して、彼女を隣りに呼び寄せた。

「ねェ君、俺との約束、覚えているでしょうね？　屹度《きっと》覚えているでしょうね？」

「覚えてるよ」

「屹度《きっと》だからね、屹度！　俺ね、嬉しくて堪らないんだ。ここが終わったら君と一緒に居ることが出来るんだもの、こんな嬉しいことないよ！　一緒に色んなもの観て廻ろうね、君はどこに行きたいかな？　どこか行きたいところ、ある？」

「そんなの、まだ分らないよ。私は、貴方の旅行について行くだけだから」

「ウン、そうなのかも知んないけどさ、これからは俺一人じゃなくて君と一緒に旅するんだから。俺はね、君が行きたいところとか、もしどこかあったらさ、一緒に行きたいなって思ってるんだよ。全然俺が知らない場所とかもあるだろうしね。そういうところへ行くのが旅の醍醐味じゃない。マアでも、俺はどこへ行くとかっていうよりもね、君が傍に居るというのだけでね、そらア嬉しいわけなんだけどね」

　彼女は何やら考え込んでいるように茫然《ぼんやり》した眼を下のほうに落とした。

「ところで、君達は何日に出るっていったっけ？」

「ん、九日だよ」

「ウンそっか、九日……、ってことは、俺が五日に出るって社長にいったから、その四日後になるわけだね。ウン、ア、じゃア俺はさ、その間ずっと近くで待っとくってのもあれだから、ぼちぼち下って行って青森辺りにでも居るようにしようかな。そうだね、そこら辺で落ち合うことにしようよ、ね？　どう、それでどうかしら？」

「うん」

「ウン良かった、じゃア決まりだね、でね……」

と、私がいいかけたとき、正面から昌ちゃんが悠然《ゆうぜん》と歩いて来るのが視界に映り、私は瞬時口籠った。そして凝然《じっと》見詰める私と彼の視線が交錯した。彼は私の隣りに亜由美が居ることにも気付いたらしく、何やら察知して踵《きびす》を返した。

「……ア、ウン、それで、君がフェリーで着く時間を当日でも教えてくれたらね、俺そこへ迎えに行くから」

「……あのね」と、彼女はいい難《にく》そうに「でもね、私、一寸《ちょっと》不安だよ。貴方はさ、どうかすると直ぐに気難しくなるところがあるから、私それをどうしていいのかも理解《わか》んないし、何んだか、それが私に向けられたらと思うとね、怖いよ。もしね、貴方が私と一緒に居たいんなら屹度《きっと》約束して。私のことを怒ったり、そんな態度をしたりしないって。じゃないと私、一寸《ちょっと》貴方と一緒に居るの無理になるから」

「ウン、理解《わか》った、理解《わか》った！　勿論、約束するよ！　君に誓って！」

「屹度《きっと》だよ、屹度。今いったこと、屹度忘れないでね」

「ウン、大丈夫だよ！　もし、この約束を忘れてるように君が感じたなら、ソンときは俺に決然《きっぱり》いって頂戴！『貴方、あのとき私と約束したじゃない』って。ハハハハッ！　大丈夫だよ、俺、君と一緒に居るのを思うだけで、それだけでとっても幸福《しあわせ》なんだから！」と、私は彼女との交渉の済んだことで悦《えつ》に入《い》ってその手を確《しか》と握り莞爾《にっこり》したが、その相手たるや人が葛藤と懊悩《おうのう》から見せる暗く塞いだ眼して私の顔を窺いながら、凝《こ》って引き攣《つ》った笑みを口辺に浮べているといった表情して、それが私には何んとも知れぬ不快な印象と、一種不安の念を感じさせたのであった。

斯《か》くして二人の出立《しゅったつ》は確定《たしか》なものになったわけだが、しかしこのときにもそれとなく印象付けられた或る疑惑というのが、やはり通り道の邪魔になった。先ず第一として、果して彼女は約束通り、正然《ちゃん》と私の許《もと》に来るのだろうか？　そしてそれは本当のことだろうか？　これぱかりは実際に彼女が私のところに来るその最後の最後まで断然信用するべきではないと、私はこの約束を殆んど怪しいものにした。のみならず、その日の感動的な再会よりも、土壇場《どたんば》になって彼女が来ないといった場面のほうが、その間際になって送られて来そうなメールの文面や言い草なんかといったもののほうが、より安易に想像されるのであった。何故私はそこまで彼女に疑念を抱くのであろうか？

——答えは簡単だ、彼女が嘘吐《うそつ》きだからだろう？　しかしお前はそう確信しているのに、何故、そんな嘘吐き認定を下《くだ》したような女と一緒に居ることを望むのだ、そんな恋ははなから無益《むだ》と決まり切ったものじゃないか。

——否、無益《むだ》じゃアない、俺は彼女が欲しい。恋人が欲しい、切《せつ》に欲しい！　もう獲物が掛かるというに、これをみすみす逃《の》がすやつがどこにあるか！

——いいか、よく思い返してみるんだ。間違いなく彼女はお前なんかよりも昌ちゃんのほうを好いている、そして彼女がその昌ちゃんを手に入れようとする遣り方ってのは、ひどく露骨で大胆で、姑息なものだったとお前理解《わか》っているじゃないか。昌ちゃんだって被害者なんだ。初め、昌ちゃんへ好意を抱いていたのは京ちゃんだったよな、それはお前の眼に明白《あきらか》な事実だったんじゃないか、でそんな彼女と仲が悪くなったからって、昌ちゃんに近づいて来たんじゃないかあの娘は。次ぎにお前のは気紛れだよ。それにまんまと引っかかって、お前が夢中になって彼女を説得しているときの、あの彼女の顔といったら、どうだよ、嬉しそうな顔して居るかよ。

——イイんだよ、そんなことは！　ここへ来るまでにどれだけ熱心に時間をかけて遣って来たと思ってやがるンだ、この機を取りこぼすわけにはいかんだろが！

——お前の理由はつまりそれだけなんだね？　彼女を欲する気持ってのは。

——それだけ？　何をいってやがんだよ、これが恋ってもんじゃないか！　欲して当然じゃないか！

——それで、お前の欲するってのは、何を欲していることをいう？

——何って、彼女だよ、彼女を早く抱きたいんだよ、肉の悦びは俺を幸福にさせるから！

——やっぱり！　そうだ、お前は人を愛したいわけではなくて、自分の欲求を満足させる相手が欲しいだけなのだ、別に彼女じゃなくても、女なら誰でもいいわけなんだろう？

——否、先ず彼女だ、愛が何んぞ知るものか、俺が思うにそうした情念ってのは肉の悦びのあとに生れて来るものだ！　屹度《きっと》、屹度《きっと》！……

嘘吐き、露骨、大胆、姑息——それは私の手口でもあったのだ。しかし私は若さゆえの強いナルシストの面からこれを認めようとはしなかった。そして彼女を信頼出来ぬとする理由がここにあるというのも、当然気付き得る筈はないのであった。

そしてここにまた一つ、虚偽が重ねられた。それは私の名誉のためといって外《ほか》ならなかった。二人のこうした逢引を、二人だけの秘密にしておかなければならないという虚偽――何故それが虚偽に当り名誉と関係するのだろう？　畢竟《ひっきょう》誠実でないという理由から！

始まりの解らぬ嘘によって、私の心情は最後まで嘘を吐くように駆り出される。これはまた私の信念に沿っているといえなくもなかった。その結果として私はまた一つ、温かい家を失った。否、また自から寒空の下へと遁走したのだ。何かを得るためには何かを棄てなければならない、だとしても、人を欺《あざむ》き、結果自分自身をも欺くこととなるこのような悪辣《あくらつ》な行為を遣《の》って退けてまで、手に入れようとするものに如何程《いかほど》の値打ちがあるのだろう。そしてそのために受ける自責の念に何んの意味があるのだろう。或る人はそれを人性の発展のためにといった、また或る人は不道徳だといって一蹴した。それは当っていた、当っているがゆえにその言葉は聞くに堪えなかった。何故なら、この道徳というやつをもっとも尊厳らしく思っているのは、外《ほか》の誰でもなく私自身だったのだから。……

農場を出て五日後の午後三時頃、亜由美は屹度《きっと》やって来た。

青森県の、或る片田舎の廃《すた》れた駅舎のそとに、それらしい彼女の姿を視認したとき、私はまたあのロマンスの再訪を予感した。このとき彼女は、見慣れぬ黄色のマフラーを頸《くび》に巻いていた。

それは彼女の垢抜《あかぬ》けない風采《ふうさい》と相《あい》まって、如何《いか》にも処女らしくあった。私は自分の希望が達せられた場合に感ずる高揚感に包まれて、恍惚《こうこつ》としながらも、次ぎの瞬間には彼女を最後まで疑ってかかった自分の卑屈さに一寸《ちょっと》した同情を感じた。私達は互いに歩み寄って行った、今やこのドラマチックな場面をよりドラマチックにするために私の腕は大きく拡げられた。ところが、ここでまた先と異なる感情が内心に芽生えたのを私は知ってしまう、それは私の眼が悪いために、ここまで抽象的だった彼女の容貌《ようぼう》を判然認識したときであった。

おお、何んと夢想は果敢《はか》ないものか！　この僅《わず》かな別離の期間にでも、殆んど拷問といって相違なかった私の憧憬《しょうけい》は、何んと愚かな幻想だったろう！――これも、何処《どこ》も彼処《かしこ》も亀裂の入ってみすぼらしいアスファルトの上の、その駅舎といってひどく寂しい田舎の貧乏な印象して、そんな場所でのランデブー？　しかも、昨日は晴れていたのが、この日に限ってはひどく陰気な曇天《どんてん》？　もしくは、自分の恋はこの状況によって完成したがために、或る種の怜悧《れいり》な心境がもたらされでもした？――彼女は、私の夢想していた女の相貌《そうぼう》を、遥かに下回っていた！

しかしすぐさま私は彼女を抱きすくめた！　彼女の着ているゴワゴワと硬いジャンバーの生地の冷たさが、更に私の気持を冷然《れいぜん》とさした。彼女は私の胸に顔を埋《うず》め、私の腰のほうへ手を廻した。そのとき彼女の発している何とも知れぬ感情を私は密《ひそ》かに認めた、のみならずそれを直ちに推察した。依然として、彼女は私を恋人というふうに認識しては居ない、つまり私のことを恋慕するに至って居ないのだ。では何故彼女は私の許《もと》へ来たのか、それは単に一旦交わした約束を守ったというのに過ぎない、では何故私の背に手を廻したのか、ここに彼女の性質が秘められていた。彼女の要求するものは父性である、私は彼女を抱きすくめながら、そのような彼女の願いに対して忠実でありたいと思った。そうすることで彼女は真実に私を愛するようになるだろう、そして私達の旅は愉快なものとなり、美々《びび》しい未来が二人のために展開するだろう、そういった確信をもって。しかし私のこうした空想というのは、やはり私のために、いとも簡単に消え去る絵空事に過ぎなかったのである。何故なら、私の男性の中には連続的な父性なぞ寸分《すんぶん》も存在しなかったのだから。これが彼女の第一の不幸であった。

亜由美と合流してからというもの私は頻繁に昌ちゃんと連絡を取り合うようになった、しかし亜由美にはそのことを知らせなかった。彼と亜由美は同日に農場を出立《しゅったつ》し、その時々で彼は亜由美へメールを送っていた、これも亜由美のいうところを信ずるならば、それは何んら怪しげな内容ではなかった、しかし従来《これまで》にも散々私を苦悶に導き、神経を攪拌《かくはん》したところによるこの二人の関係性を顧《かえり》みると、こうした疑念は甚《はなは》だ払拭するに及《およ》び難《がた》く、信用に足る心安《こころやす》さを得ることが出来ない。そのことがここに何等素知《そし》らぬ顔して昌ちゃんと連絡を取る私の理由があった。その一つは無論、彼との邂逅《かいこう》を未然に防ぐことを目的としていた。そのために私は、彼の行動範囲を把握する必要があった。つまり元来の性質はここにも影を落とし、私の保身のために働いた。猶且《なおか》つその保身には、とかく亜由美を専有せんとする独占欲が大きく含まれていた。そして未だに、亜由美に対する彼の内心を猜疑《さいぎ》している私としては、こうした行動を彼女に知られるわけにはいかなかった。自分ながらにひどく浅ましいことをしていると認識していたから。私は極力彼から遠ざかるように道順を選んだ、そうして気軽に落合うことの出来ない距離を取った、天候の具合で彼が動かなければ、私もまた動かなかった。そして彼は私達と同時期に秋田県を抜けると、一段と厳しくなった冬の寒さのために、南方《なんぽう》にある郷里へと真直ぐ帰って行った。

彼を欺《あざむ》ききったという背徳感の雲の切れ間に、私は安堵と優越感の光りを見た。一つの障壁は取り除かれ、ここで漸《よう》く二人きりの営《いとな》みが展開される筈であった。それは当っていた。ただ、まだ見ぬ路《みち》の先に更なる障壁があることを、私は予測し得なかった。

やはり私達の生活は早い時分に破綻した！　日に日に私は苦しくなる。曾《かつ》て私の貧しく歪《ゆが》んだ心を慰藉《いしゃ》した自然の天然美、町に残存するモダンな建造物にも、最早私は何等感興をそそられなかった。寧《むし》ろそういったものは益々私を憂鬱にさせるために配置されているようでもあった。そうしたものの見方をする理由としては、これ偏《ひとえ》に金の亡失に外《ほか》ならない。ただでさえ心許《こころもと》ない懐《ふところ》事情なのが、二人のために加速したのだから！　否、ここでの問題は――無論懐事情であるとはいえ――私がそのことを亜由美に全くいわなかったことである。先《せん》の浅ましい秘め事同様に、私は独り合点して、自分の品位を衛《まも》るほうを選んだのだ、つまり亜由美に恥を曝《さら》して幻滅されることを恐れたのだ。ここに、私が誰をも、最早自分をも信用出来ないとする卑屈さが表れている。そして当然このことを知らされていない亜由美にしてみれば、私の不当な不機嫌さを理解出来る筈がなかった。軈《やが》て彼女はそんな私を畏《おそ》れていった。私を気遣い、下手《へた》に黙然《もくぜん》としてやり過ごそうと試みた。彼女は借りて来た猫であった。自分本来の活発な性質から外れて、息苦しそうに私の家中の臭いを嗅《か》ぎながら探り探りに自分の居所を捜すといった、無様《ぶざま》な猫そのものであった。ところが却ってこうした彼女の居住《いずま》いというのは、自己中心的な観念をした男にとって侮辱みた感想しか与え得なかったのである。私はみるみる不自由さを感じだした。そして加えて悪いことには、荷物だらけで取散《とっち》らかった私のボロ車の軽自動車は、二人で居るには余りに狭かった！

——しかし私はここに明言するが、このとき彼女が本来の性根に沿って快活にして居たとしたら、それはそれで私は彼女に対して不満と苛立ちを判然覚えたことだろう。何故なら、私はどちらにしてみたところで、この原因たるものを責任転嫁するような男だったのだから。それを解決する術《すべ》としては、つまり私が人に迷惑を掛けないためには、やはり私は一人で居なければならなかったのである。ひどく傷《いた》んだ、変色した、腐った、小さな驕心《きょうしん》の寄り集まった欠陥品、人間の出来損ないであるがために！

何がそんな私を慰めただろう？　それはまた彼女の外《ほか》にはあり得なかった。そして本来彼女の所有する快活さを慰め得るものもまた、この場合私の外《ほか》にはあり得なかった。

私達は夜な夜な結合した！　私達の飢えた腹、渇いた咽喉《のど》は、夜にならなければ補充し得なかった！　かの活力を回復させることも、心安く眠ることも、二人の平和も、何もかもが、夜にならなければ訪れなかった！　殊に昼間のうち私に喰い付いている憂慮は、その営みの場面においてのみ振り落とされた。殆んど冬の憂鬱な天気といって相違ない、あの〝旅〟という名の忌々しい移動ばかしの退屈凌《しの》ぎを遣ったあとで、漸《ようや》く私達の許《もと》に愛が下るのだ！　愛！　何んと腹持ちのしない言葉だろう。ああ、私達の生活は愛こそが全てだ！

困窮の強迫観念が私を捉えたとき、最早誰一人の味方も私には居なかった。確かに亜由美は私の慰めだった、ここでは旅の友であり、母であり、姉であり、妹であり、天使であった。しかしまた、その天使は黒い轟々《ごうごう》と荒れた波の化身《けしん》でもあったのだ。私の神経の巌《いわお》はその波によって浸食された、また、私の愛する静かな浜辺には沢山のゴミが漂着した。私はその様子に嘆きながら、一人でこれを片さなければならなかった、そしてそれは幾ら手を掛けようとうまくいかなかった。私は所謂このゴミを運んで来るところの波に対して烈《はげ》しい憎悪を懐《いだ》き、殆んど咽《むせ》び泣いて、片端から手にしたものを投げつけたことさえあった。しかしそれは甚《はなは》だ無益《むだ》であった、寧《むし》ろ状況は一層悪いものにしかならなかった。……

軈《やが》て――これ以上この生活を続けて行くこと、そんなものは私の望みではなくなった。最早七千円ほどしか私の財布には残っていなかった。そして福島県から茨城県へ入った辺りで、とうとう私は彼女に暇乞いを宣告しなければならなかった。彼女は早速にも荷物を纏《まと》めた。「忘れ物はない？」と、私は旅立ちを見送る人の同情を以《もっ》て語りかけた。「もし何か私の物が出てきたら、棄ててもらって構わないから……。貴方が使えそうな物だったら使ってね」と、彼女は寂し気な微笑していた。夕方頃、彼女は通り道にあったコンビニから、実家へ宛てて荷物を発送《おく》った。その様子を私は背後から眺めていた、彼女の自慢だった長い黒髪は、確かにこの生活の苦痛と相応の調和を取っていった。それから私達は終りに近いこの場面に感傷を呼び起された、言葉少なく、しかも互いに安堵混じりの暗い顔付きして、人気《ひとけ》のなさそうな場所を求めて移動した。そこは幹線道路から幾らか外れたところにあった、所々《ところどころ》を植込みで仕切った様式のだだっ広い駐車場の奥に、その駐車場の規模とは似つかわしくない物産館のようなコミュニティセンターのような素朴なコンクリートの建物があって、その脇には申し訳程度の芝生があった。その建物の陰《かげ》に隠れて私達は最後の煮炊きをして、その芝生の上こそが、二人の旅の括《くく》りとなる寝床となった。――たった一月《ひとつき》にも満たない暮らしであった。どこに足を止めて優雅に語り合うでもなく、これといった享楽もなく、さもしい食事に見合う冷えた会話と、夜になれば底冷えするテントの中で慰め合いをして、ただ寄り添っているばかしの、惨めな暮らしであった。愛よ！　一体に、これが愛といえるのだろうか？

明くる日の午前十時頃、海岸にほど近い駅舎で私達は別離《わか》れた。彼女は旅立つ人の気勢と名残の入り混じった複雑な表情を私の中に預けて行った。女が居なくなれば……、これは私の望むところであった、そしてそれは今現実になった。私はこのときをどれほど待ちわびていたことか！

彼女の存在は確かに私を乏《とぼ》しめて来た、その彼女が居なくなりさえすれば、私の精神は以前のよ

うに安定の方面へと向かうだろう、金の心配というのも自分一人ならばどうにでも遣りようはあ

るだろうし、そして曾《かつ》ての自由、あの空虚な安らぎを与えてくれたところの孤独が、また私の前

に判然現れるだろうと、私は心底信じていたのだ。そしてやはり孤独は来た！　が、曾《かつ》ての孤独

は今や別の貌《かお》して、私と対峙するのであった。

私の精神は分裂したと思われる！　その殆んどは亜由美が持っている！　しかし彼女は去っ

た！　ここで私の希望は失われた、散々な思いして脱出した筈の出口は、更なる迷宮への入口だ

った、私はいつ囚《とら》われの身になったのであろうか？　彼女は私の全体に絡みついて、耳元で呪詛《じゅそ》

を唱え続けた。どれほど私が幸福であったかを、どれほど私が彼女の庇護を受けて来たかという

ことを、また或いは、そんな素晴らしい彼女にどれほどの苦痛を与えて来たかと叱りつけて、最

早縄できつく縛りあげられたような私に、前例ないほどの鞭を振った。それは私が受けるべくし

て受けた懲罰に違いなかった。私のナルシスチックな悲哀はこの想い出をスパイスにして、一段

と香り高くした。私は誠心誠意の、溢れ出す涙を拭い得なかった。そしてこうした懲《こ》らしめの結

果として、今こそ自分の愛は、本当であったことを知るのであった！――この恋慕の執着心には

真摯《しんし》な愛という命題こそが相応《ふさわ》しい！　この真摯な愛、それこそは清潔な、完全なる美である、

動物たる本能に沿った正道である！　我は今こそ、今こそ欲す！　亜由美の全てを！　愛！　あ

あ、何んと壮大な、何んと厳粛な、神々しい言葉だろうか！　正道に沿って歩まんとする我に幸

あれ！　我等に祝福あれ！――私は、狂っていた、狂っていた！……

それから三月《みつき》と幾日が過ぎた。――十二月を神奈川で、一月半ばから三月の半ばまでを愛知で、夫々《それぞれ》出郷して居を構えていた旧友のところに居候《いそうろう》をして、私は働いた。人は優しかった。どちらの時分においても、これ等の友達は――それは渋々ではあったのだろうが――兎《と》も角《かく》私を親しい友人として受け入れてくれた。彼等は、本当に優しかった。アルバイト先で出会った人達や、友達が連れて行ってくれた先で出会った人達もまた、やはり優しかった。そうした彼等との時間を過ごしているうちには、一先ず貧乏の呪縛からも解放された。気持の余裕は、私に活動的な、実りのある想像を可能にさせた。

そして私と亜由美、二人の交際は未だに続いていた。この距離は私達にとって、殊に私にとって、良い結果をもたらした。時々に送られて来る彼女のメールを見て、私は彼女の現在の生活を思い、微笑ましい気持になる。そうした昨日の文面や添え付けられた風景の写真を、仕事の休憩中や、友達との出先でも、何度も見返して、胸の中に反芻《はんすう》する。彼女と過ごした日々のなかの、美しいロマンスを思い返してみて、胸が綻《ほころ》ぶ。今後、彼女と一緒になる日のことを夜な夜な空想して、その悦《よろこ》びの中に眠る。どれほど私は幸福だったろう。彼女は私の希望といって相違ない。彼女の幸福は私の幸福とでもいったように、この間の二人は、殊に私は、温和で、本当に互いを気遣い合って、さも恋人らしくあった。

現在と、来《きた》るべき未来のために、また来《きた》るべき春を思うて、汗をかき、単純な人達と交わす会話や談笑といったものが、どれほど私の苦痛を和《やわ》らげて、自己憐憫に荒れていた私の神経を治癒《いや》してくれたことだろう。私の精神はすっかり落ち着いて来たようにも感じられた。そして何より、私はそこで或る大きな発見をするに至った。それは変哲もないことのために従来《これまで》見過ごして来た事実であった。即ちそれは、その生活に特別はなくとも、『平凡であるということはまた非凡でもあったのだ』といったことであった。

随所で親切な人のところに身を寄せたこれ等の生活は、私の旅の一環であったとはいえ、やはりその側面の孤独とは無縁の状態にあった。それだけに、その土地の人達と別れてまた独りとなった夜の折には、より一層孤独の暗闇《やみ》が畏怖《おそろ》しく感じられた。そのようなとき、決まって母親のように私をあやして寝かしつけてくれたのは、やはり亜由美に外《ほか》ならなかった。最早彼女の存在は何よりも大きかった。彼女はまさに私の命綱であった。私は、彼女があるから安心が得られたのだ。

そうした或る日のこと、彼女もまた、自身の人生のためには動かなければならなかった。将来的には食に携わる仕事がしたいと従来《これまで》にもいっていた彼女は、次ぎは西の島の農場へ行くことにしたと私に告げた。私は、彼女が自分の頭上を軽々と飛び越えて行ってしまうことに、多分の寂しさを感じない筈はなかった。しかもこの寂しさといったものは、凡《およ》そ彼女がその新生活により、意識ごと私から離れてしまうのではないかといった予感と恐怖から派生したものであった。しかし私は努めて平生を装い、否、これはどうも虚偽的にだが――自分という男子の器を示したく思ったらしい。そういったことから彼女の出立《しゅったつ》を応援して、見送るのみに収めた。私はそうした自分の立ち居振舞いに大いに満足した。しかしやはりその実態こそは、本来の感情を無暗《むやみ》に押えつけているだけに過ぎなかったのだ。そして私の歪《ひず》みは、また深部で始まりだしたのである。否、兼ねてより内包《ふとこ》っていたところの歪みが、このときからいつ弾けようものかとしていたのである。そうとも知らずこのときの私達は、未だ平和の最中で、どちらかが先にこの旅を終えたとき、屹度《きっと》再会しようと約束し合った。

　そして私もまた一人の友と再会すべく、そこへ車を走らせて行った。

　そこへは夜の九時頃に到着した。拓《ひら》けた田舎の、深く影を落とした印象した暗い駅舎であった。彼はそこに一人立って居た。それは改札から少しく離れた、駅周辺の案内を示した立て看板のある場所であった。私の車のライトをまともに浴びた彼は怪訝《けげん》なしかめ面して眼を瞬《しばた》いた、看板が真白く反射した、彼は私であると判るや否や、ニコニコ顔に変じて大きく手を挙げた。私は車を降りた、すると彼は愉快そうな笑い声を立てながら大股に近寄って来て、即座に私を力強く抱擁した。私はこれに吃驚《びっくり》するというよりも頗《すこぶ》る気持の好い印象を受けた。宛《さなが》ら彼の気持が伝搬《でんぱん》して来たような感じがした。それだけに彼の性質はやはり善良であると私は結論づけた。その彼こそは、あの私の稀有《けう》なる友の、昌ちゃんなのであった。

彼は車で先導し自分の生家へと案内した、それは駅から幾らか離れた坂の上にあった。その坂は真直ぐな直線であるために何分《なにぶん》勾配が鋭かった。坂の左右に住宅が建ち並んで、彼の生家は更にその奥まったところに在していた。彼の背後《うしろ》に続きながら、私は一寸緊張した心持で、しかもそれが夜分のためと来れば、余計に元来の臆病風に吹かれる思いで戸内へと侵入すると、ここで彼の母親と出くわした。

「よく来てくれたわね！　昌から話は聞いているわ、ようこそ我が家へ！」

これが気弱な私をどれだけ安心させたものか。そして彼女は息子の友達の、この浮浪者の旅路を労《いたわ》って、彼等は既に済ましておいたところの晩飯を温め直し、それと一緒に彼女が自身のために買って置いたはずであろう缶ビールを卓のうえに出してくれた。それも私の性格がヘンに遠慮深いのを看破して、「あら、何んにも気にしないでいいのよ、大した物なんかないんだから。さ、私もまた寝酒に一本いただくかしら、いいわよね昌、もう一本くらい。ホホホホ」

昌ちゃんは母親に笑みを見せて、「そうだよ君、気を遣わないでおくれね。ア、そうだ、君、洗濯物あるんじゃない？　僕回しておいてあげよう。ア、そうだ、先にお風呂に入っておいでよ」

「今ご飯出したんだから、お風呂はあとででいいじゃないよ」

「じゃあさ君、ご飯食べたらお風呂入ってさ、そのあとで僕達はゆっくり一杯やることにしようじゃないか！」

そのうちには彼の兄もが二階の自室から下りて来る、背高くすらりとした、真面目な好青年といった印象して、その挨拶もどことなく長男としての威風を感じさせるような堂々たる様子というのは、これ昌ちゃんの性質とは全然《まるで》似つかぬものであった。そして彼は二三の問答を私と交わしたのであるが、その私こそはドギマギと妙な畏縮《いしゅく》を表しているものだから、ここにヘンな間をもって、「それでは……」と彼は自室へ引き下がって行った。

それから、私は彼の家に二泊した。

今後の自分等の行く末《ゆすえ》、音楽や芸術論、それに昌ちゃんの興味事なぞ、そういった様々なことを談話していると、やはり折々につけ農場の思い出が話頭《わとう》に上った。しかしその生活中で必須であったところの亜由美のことについては、どちらとも触れようとはしなかった。彼は敏感な神経を持っている人である、つまり私が不自然にも亜由美のことについて触れないのを観察《み》て、気を利《き》かしているようでもあった。私としてもそれが解《わか》らないではなかったのだ、だから私は彼に一切の事実を白状してしまおうという思いして、この二日間を過ごしていたのである。結果私はそのことが因《いん》して、彼と遊んでいる最中にも俄然思い詰めた暗い沈黙を繰り広げてしまう場面が多々あった、そうした際には屹度《きっと》、「今だ今いうんだ！」と自分を懸命に勇気づけたが、やはり私は最後まで——今の今にしても——告白することが出来なかった。

彼に玄関先で見送られた朝、私は彼から教えてもらったこの地域の名物らしい押し寿司を通り道に見つけて、小さいのを一箱買って車に戻って来た。車の中は好ましい季節の暖かさをしていた。運転席のシートを目一杯まで後ろに下げて箱を腿《もも》の上に置いて、沈んだ鼠径《そけい》部のほうに箱が滑って来るのを左手に押えながら、一つその押し寿司を口の中に頰張ると、ふと私は――あの善良な昌ちゃん、私を友として迎えてくれた、温かい心尽くししてくれた彼のことを思って、「この馬鹿野郎が！」と自分の良心から呶鳴《どな》られたのを判然と感じた。

――こんな俺が、友達?……友達、俺の、友達!――

吹きこぼれて来た涙の雫が、一つ二つと包装紙の上に弾《はじ》けた。……

細雨《さいう》の降りしきる三月三十一日の夜の九時過ぎ頃、私は霊山寺《りょうぜんじ》の門前に立って居た。『しとしと』とはよくいったものだな――私は顔面《かお》を水沫《しぶき》に浸らせながら、穏やかな風雨の音に耳を傾けて独言《ひとりご》ちた。空気はしっとりと重く、物陰は深く陰鬱であった。そうした夜気の中に佇む山門を仰ぎ見ていると、それは私の心の眼に、逆に向うから覗かれて居るかのような威圧と厳格を映し出した。私は身震いする気持して、小走りして車へと戻って来た。そして白砂のような雨滴の付着するフロントガラス越しに、朧気になった視界の先にある寺の外観を眺め遣って、しみじみ「お遍路が終わったら、この旅も終わりだ……」それから「明日から、どうぞ最後まで、よろしくお願いします」とそう念じた私の胸中には、勇気、心細さ、不安、緩和、疲労、希望、憂《うれ》愁《い》といった種々《しゅじゅ》の雑駁《ざっぱく》した感情が、一つの源泉から立ち昇る湯気のように濛々《もうもう》と立ち込めていた。

右掌《みぎて》で顔を拭い、徐《おもむろ》にズボンのポケットから携帯電話を取り出して開くと、液晶画面が眩《まばゆ》いばかりの青白さで点《とも》り、やはり私の期待は果敢《はか》なかった、一つの通知も来ていない、それは寂しいばかりの私の胸に浴びせられた冷水のようであった。日付と時刻しか表示していない、青白い画面を見詰めていると、周囲の気配は段々と暗くなって行くように感じられた。亜由美の顔が切《せつ》に浮んだ。……

私はまたここまでの四日間を、神戸の旧友とその家族の世話になって過ごして来た。彼の親父さんもお袋さんも、息子の古い同級生というだけの私に、やはり親切にしてくれた。親父さんは一度だけ、私の気兼ねする性格を見抜いて叱った。だがその後ではやはり私の性格の難を労《いたわ》ってくれた。友達は毎朝仕事に出掛けて行って、夕方頃帰って来ると屹度《きっと》私を連れ出して、夜更け時分まで一緒に飲んで廻った。そして何時《いつ》も、何処《どこ》でも私を客人扱いして、勘定は全部彼が支払った。

その四日間の、神戸での光景がそこに思い出されて、私はやるせない気持になった。友達、家族の温もり、談話、哄笑《こうしょう》、暖かい布団、熱い風呂——そうした人の帰る場所というものが、今更ながら恋しくてならなかった。最早私が居なくなった友達の家には、従来《これまで》通りの生活が、彼等の許《もと》に戻ったことだろう。そんなことを想像していると、一体どこに自分の存在があるのかと怪しくなって、（私はただそこに吹き込んだだけの、ひと時の風に過ぎないのだ）とそんなことを思うと、私は彼等の居るところ——それは従来《これまで》世話になって来た人達の面影も代《かわ》る代《がわ》るに浮んで来て——その社会といったところが、その中の生活といったものが、私には心底羨ましくてならなかった。

この半年間、私は殆んど人と一緒に居た。そして私の旅なんぞというものも、つまるところ人情に縋《すが》る逍遥《しょうよう》でしかなかった。郷里を出立《しゅったつ》した当時、私はどんな理想を描いていたか。――

ふと、周囲の雨の色した静けさの中を裂いて来る騒音に、私の注意は惹きつけられた。それは私の後方から迫って来て、左から右へと走り去った。その車輪の烈しい回転に踏みつけられ、巻き込まれ、跳ね上げられて行ったあとの水沫《しぶき》の中に、赤いテールライトの鮮やかな光りが一瞬間残った。そうした車が時折遣って来て、物思いに耽る私の意識を中断させた。そしてまた静まった際には、人っ子一人の気配もない、雨降る田舎の往来の、それは夜中の病棟や学校とでもいったようなひどく不気味な印象が、私の不安を搔き立てた。濡れたアスファルトの上に青い光りが伸びている、それは信号機の光りなのだ、それが青のときはまだしも、赤になると夜の底気味悪さが強調された。私は昨日までのように、この恐怖を紛らしてくれる話し相手が欲しかった、そしてその相手は屹度《きっと》亜由美であればいいと思った。私は携帯電話を閉じた、そしてハンドルの奥のメーターパネルの凹みのところに置いて、車の室内灯を点《つ》けると、明日のための荷造りを始めた。

正味二十リットル程度のリュックに、先ず一番下にスニーカーを入れて、次いで替えのズボンを一枚、長そでのボタンシャツを一枚、Tシャツとパンツを二枚ずつ、タオルも二枚、靴下は三足、それから米を二キロ、丸型の飯盒《はんごう》とその中にガスバーナーの一式、歯ブラシと固形石鹸は一つのビニール袋、通帳と印鑑それにメモ帳とボールペンはもう一つのビニール袋、これでリュックの中身はパンパンになった。それに私の寝袋が加わるのだが、その寝袋といったのがこのリュックと変わらぬくらいバカに大きなもので、これをリュックの背に結び付けると、丁度米俵《こめだわら》を背負っているように見える。そしてリュックの右側にはロール状の銀マット、もう片方に一リットルのペットボトルを紐でくくった、これで私の準備は終わった。

何んの目的だったろう？　そのあとにまた携帯電話に手を伸ばしたというのは。時刻の確認のため？　それならば車のものでよかった筈じゃないか。屹度《きっと》私は何かを期待していたに違いない、それからやはりここに依存していたに違いない。何かとは何か？

——旅に出ようと決心した当時、私は自分の変革を求めていた。未だ見ぬ景色を、未だ見ぬ知識を、それよりも凡《およ》そ自身の性質の変革を夢見ていた。臆病で弱虫な自分の殻を破り、独りでも生きて行ける強さが欲しい、どこか好い場所があったならそこへ住み着くのもいいと、今になって見れば余りにも抽象的で受動的ともいえる目標を掲げてもいた。前者でいうところの景色や知識に触れるといった点では、私は幾らかの成功を得ただろう、しかしいつしかこの変革の重要な面はすっかり忘れ去られて、その代りとなる新たなものと挿《す》げ替えられた。私はこの旅において気付かされたところの、人の美点に見る、素直で、誠実で、慎み深く、純情的で、明朗快活な人物像からその成分を抽出し、それを自分自身へと還元することを理想とした。

随所で人は旅人の自由な生活を讃美した。或る人は旅人の自由な生活を皮肉った。また或る人は旅人の自由には何んの興味も示さなかった。だが、自由とは？　私は彼等の生活の中に自分の手にし得ない自由を見た。旅人《わたし》はそんな彼等《しゃかい》の中庭を散歩しているだけだと感じるようになっていた。そしてこんな旅行《おあそび》はさっさと終わりにして、自由ある社会の中へ戻って行きたい欲求を覚えていた。またそこで先の理想像となった未来の自分の姿をそこに当て嵌めてみると、こうした現状のさもしい心持を忘れることが出来た。

私は一新して不備のない人間性となって周囲の環境と溶け込み、日々人と交際し、そこには絶え間ない微笑が存在する、友という友が私を慕って集《つど》い、愉快な酒は無尽《むじん》に酌《く》み交わされ、相互扶助の最《さい》たる中に人々は美々《びび》しい共同生活を送っている。無論、亜由美もそこに居る。何んの苦もない幸福な生活、私達は素晴らしい朝に、花の飾られた卓で向い合い、開け放した窓から斜めに差し込む陽光を顔に引っ掛けて、静かに微笑み合うのだ。そよ風がそうした暮らしを祝福する……。

何んと幼稚な夢だろう！　私はこうした夢想が自己の発展のために見せられたものでないことを知らなかった、単なる子供じみたロマンチシストのナルシシズムだということに、全然《まるで》気付きもしなかった！　そこには現実的なものが一切描かれていない！　これ等の季節はいつでも心地好い春のようだ、空は雲一つなく晴れ渡り、人には個性がなく、誰も彼も完璧な調和を取っている、ましてやこの生活には労働の気疲れや人生の緩急といったものが全然《まったく》ない！

私は常々このようなバカな空想を弄《もてあそ》んでは、自分を悦《よろこ》ばして、励ましていたのだ。しかしそうしたものがやはり私を苦しめた。現状の空漠《くうばく》とした自分と、この非現実的な理想が、どうしても合致するようには思えないのだ、そうなるともう私はどうしたらいいのか、そもそも私は何がしたいのかといったことが、わからなくなった。その結果、やはり私は間違えた。私は自分の事業であった筈の改心を行わずして、また孤独というものを蔑《ないがし》ろにして、自分の所有している（と思い込んでいる）ものを手放さない執着に安寧《あんねい》を求めるようになってしまった。それはこの場合亜由美の存在に外《ほか》ならなかった、私はこのような執着が誠実で純粋な愛だと信じ、それは相思相愛といった形となって彼女と共有されるべきものであり、そうして私達が一心同体に、運命共同体になったときにこそ、この理想の門は開かれる。と、私は愚にそう信じて疑わなかった。——

携帯電話に表示された時刻は、二十二時を疾《と》うに過ぎていた。私はその画面の表示するところに引き込まれ、あらゆる暗い感情が身内から這い出して来るのを感じた。それはひどい悪臭を放つ塊《かたまり》となって、私の顔を四辺から覗き込んだ。

「亜由美！　何んで、俺はこんなに苦しいのに、こんなに苦しいっていうのに、気遣う言葉一つくれないんだ！　亜由美、何してんだよ、亜由美、……亜由美！」

私は激昂の衝動を抑えきれず、依然として散らかったままの後部座席のほうへ、叩きつけるように携帯電話を投げ遣った。それから呻《うめ》き声を上げながら、自分の頬へ二度三度と力いっぱいに平手打ちをした。頬は薄膜を張った印象を残しながら燃えるように熱くなった。私は思い切り泣きたかった、歯を喰いしばり悶《もだ》えて、無理やりに顔を顰《しか》めて涙を搾《しぼ》り出そうと試みた、が涙は一寸も零れず、眼縁《まぶち》を濡らした程度に留《とど》まり、直ぐに乾いた。

四月一日の回想で、私は意気揚々と歩き出したと書いた。前日にはこんなふうであったというのに、その先述は今になって嘘だったというのか？　否、嘘というには当たらない、が感情というものは流動している限り一つに止《とど》まることはない、その流れの中には意気揚々とした瞬間もあったというだけのことだ、しかしまたそこにも別の感情の働きがあるということを、私は否定しない。……

そして私の四月が来た。

四月――そうだ四月だ、それは怖ろしい季節だった！　歩けば歩くほどに私は路《みち》に迷い込み、途方に暮れるようになって行った。日々同じ懊悩《おうのう》が、目まぐるしく変わる感情を導いて、眠りによって途切れる筈の日も一本の間延びした線のように連続している、ひどい倦怠が私を嘲笑する！

孤独の夜の恐怖は猶堪《なおた》え難く、私を子供にした。張り詰めた神経の捉える、見えない者の気配を感じることも、限って午前二時頃に山間《やまあい》に響く鈴の音を聴くことも、幼少時分悪夢にうなされてばかり居た絶望を蘇らせた。私は早急に救助《たすけ》を求めなければならなかった、母の胸の在処《ありか》を求めなければならなかった、しかし今やそれはうまくいかなかった。以前、私と亜由美の関係は距離によって調和を保っていた、その平衡が一方の搖動で損なわれたとき、私達の崩壊は早かった。

或る夜、私はとうとう亜由美に縋《すが》りついた。それは歩き出して数日後だった。そのとき私は彼女に電話を掛け会話をした。これは私にとってやはり大きな成果を得る結果となった。何故なら、彼女は不安がる私の一切の苦痛を見事に取り除いてくれたから。彼女の慰安によって私はその夜安眠を得ることが出来た。明くる日もその効果は持続していた。水に浸したような青い朝の静けさの中に、充分な気力の漲るのを私は感じた。また昨夜の亜由美の声音を思い出すと、張り詰めた神経が弛緩《しかん》されて行くのを感じた。私は彼女に感謝した。

道中においても私の魂は依然活発だった。昨夜交した会話の節々を回顧すると自然と頰が緩《ゆる》み、そのうち私の発した弱音や醜態といったものに思考が打《ぶ》つかるとこれの反省をし、またこうしたものを軽蔑する自己の力も自認した。ところが、夜になるとその力は茎《くき》から切り離された花のように萎《しな》びて、功を成さなかった。私はまたしても孤独の恐怖から執拗に脅《おびや》かされた。私は自分の無力さに打ち挫《くじ》かれ、また亜由美にあやして貰うことを渇望した。然《さ》りながら、僅かな理性の声がこれを遮る。わざわざ自から悪路へ這入って行こうとするな、彼女との平衡を乱さないようにすることがお前の善なのだといって私を窘《たしな》める。それもそうだと納得しかけたところが、お前の救済は亜由美との接触でしか為《な》すことが出来ないといって他方が怒号する。そして私達の未来のためには、一方が苦しむときはもう一方がこれを支えるということこそが、最も美しい関係なのではないかといって、私を諭す。一方は我慢を強いる、他方はありのままの姿で亜由美と融合せよと強いる、私はそんな両者の囁きに蹲《うずくま》る外《ほか》なかった、これは天使と悪魔といったものの戦いではない、恐怖と恐怖の争いであった。

四月十日——私はその日、朝の六時から夜の七時まで、バカみたいに歩いて六十五キロ、或る善根宿《ぜんこんやど》にお世話になった。夕方の六時辺りから空の薄墨が視界にも溶け出して、七時にもなると四辺《あたり》はすっかり暗くなっていた。この数日間私は気持に余裕もなく、じっとしていることが出来ないために無茶に歩き、右膝《ひざ》をひどく痛めていた。殆んど前のめりに腰を折り曲げて、リュックの重みで前に引っ張られるような形で脚を引き摺り引き摺りして進むような、見るからに気味の悪い歩きかたでこの場所まで辿り着いたのだった。否《いな》、二三日ほど前に道端で会った五六十のお遍路さんに、この善根宿を勧められていたから、目指して来たのだ。家主のおばあちゃんは、人の好さそうなニコニコ顔の、背の小さくて、丸っこい、脚の悪いらしい様子で、私を戸内へ迎え入れてくれた。その家の車庫がお遍路さんの休憩所兼《けん》善根宿となっているのだった。おばあちゃんは私に、晩ご飯は食べましたかと訊ねた。私は歩きながら菓子パンを一つ食べて来たので、このおばあちゃんがわざわざ私のためにご飯の用意でもするのだとしたら申し訳ないなといった手前勝手な連想をして、遠慮する気持で、はい大丈夫ですと答えると、直ぐ近くの橋を左に折れて大きな道路（国道）に突き当たるのを右に行くとホカ弁があって、そこはお接待《せったい》でのり弁当か鮭弁当が貰えるよと教えてくれる、私はこれに嬉しい気持で脚を引き摺りながら貰いに行った。——私はこれをあとから知ったのだが、歩き終わってからこのおばあちゃんに車で会いに行ったとき、私は弁当屋にもお礼をしたかった、それでのり弁を一つ買い求め、その代金と別に憚《はばか》りながら千円札をあげようとしたところが、お遍路さんへのお接待、つまり弁当の代金はおばあちゃんから頂いているというのである。こうした背景を知ったときの私がどれだけ深く感動を覚えたものか、想像するに容易《たやす》いだろうと思う――その後、卓の上に置かれているお遍路ノート――数年分もある、お遍路さんが一筆残して行った大学ノート――なるものの頁《ページ》を繰《く》りながらのんびりしていると、おばあちゃんが来る。私はおばあちゃんにお茶に誘われて室内へと入って行った。

それから二人でいろいろと会話を交わしているうちに、つい私はおばあちゃんの人柄に甘える気持からか、すっかり白状してしまった。自分には彼女が居るがその彼女のことが全然《まるで》理解できないこと、彼女のことを疑ってしまうこと、自分がどうしてそのような気持になるのか分からないこと、全体《まったく》自分がどうしていいのか分からないことなど、声を震わして告白した。おばあちゃんは円《えん》空仏《くうぼとけ》のような穏やかな表情の中に理智ある眼して、只々私の悩みを聞いてくれた。そして戸棚から真っ白な葉書を三枚取り出して、それを私にくれる、手書きの言葉はその人の心が表れるから手紙を出すといいと助言してくれる、屹度《きっと》貴方の思いが届く筈だと教えてくれる。早速私はその夜のうちに、愛の言葉を葉書にしたためた。

四月十一日――朝の七時におばあちゃんの家を出た、おばあちゃんは私が出る前におにぎりを二個持たせてくれた、それからお茶代といって五百円も持たせてくれた。十時頃、途中の東屋《あずまや》の椅子に腰かけておにぎりを食べた、小蔭《こかげ》に吹く風は火照《ほて》った身体《からだ》を心地好く掠めて行った、「幸福《しあわせ》になりなさい――」おばあちゃんの別れ際の言葉が耳に残って離れなかった、おにぎりと一緒に口に入った涙の味はひどく塩《しょ》っぱかった。
四月十四日——葉書が届いたと亜由美から電話があった。今度から便箋にしてねとのこと、葉書だと人に見られて恥ずかしいからとのこと、この葉書を見て貴方のことを思い出すよと、仕舞いには嬉しい言葉もいってくれた。私はとても満足な気分だった。何故なら、これで私という彼氏の存在のあることを、彼女の居る農場の連中にも知らせることが出来ただろうから。亜由美もこれで下手《へた》なことは出来ないだろうと思う。
四月十七日——夕方から雨が降って来た。寺の近くに広い休憩所を見つけて、早々に寝床を確保して飯を炊いていると、あとから三人ばらばらに来た、大体六十は越してるだろうと思うが、皆なおじさんで、野宿のお遍路さんだった。一人はニコニコして静か、一人はお喋りで情報屋、もう一人は朗《ほが》らかな酒飲み、悪人でないのはその表情その眼の中に固いものがないのを見れば判《わか》る。私はそうした人達と話をし、こんなふうに数人と夜を過ごすのも久しいことだったから、幾らか安心する気持がした。夜八時、場所を離れて亜由美と電話。声が暗い。昨日のメールの返事がなかったことをそれとなく訊ねる、「忘れてた」とのこと。それで遠回しにその理由を探ってみると、どうやら昨夜、社長に誘われて深夜二時半までドライブをしていたらしい。外《ほか》には誰か居たのかと訊く、平然と「居ないよ」。この社長は以前亜由美から聞いたところによると、島で代々農業をしているところの総領《そうりょう》で三十半ばの独身者とのことだった、私はそれで、人口の少ない小さな島で独身とあらば、他所《よそ》から来る女を嫁候補として物色しているのがフツウだと断定していたから、これにはひどく腹が立った。何故亜由美なのかと訊く、これには亜由美曰《いわ》く、「期間作業員の中で私が一番齢《とし》が近いからじゃない？」。それにしても男の期間作業員だって居るだろう、何故亜由美なんだ、それにそんなに遅い時間まで彼氏の居る女を引っ張り廻す奴があるか、君も君だ、大体今日は休みだったのかと訊くと、如何《いか》にもうんざりした感じで、「何んで私か、とかいわれても、そんなの知らないよ。うん、仕事だったよ、だから疲れてるの」と、その素気《そっけ》ない感じから、私はあの北海道での亜由美の放埒《ほうらつ》ぶりを連想しないわけにはいかなかった。私は昂奮して何をいったか一寸覚えていないが、お前の行動はおかしいといったことをいったと思う、すると微《かす》かに舌打ちらしいのが聞こえたのでギョッとしていると、「どうしてそんなヘンなふうに考えるのかなア。貴方が思ってるようなことはないよ。貴方はさ、他人《ひと》が自分と同じだと思わないほうがいいよ、真実《ほんと》いっつもヘンなふうに考えるよね。ハア、もう疲れたから今日は早く寝たいの。もう切るね」

雨は烈《はげ》しさを増していた。……

＊　＊　＊

――（彼奴《きゃっ》はもう俺を忘れたんだ、もう俺のことなんてどうだっていいんだ！　ふざけやがって！　ふざけやがって！）……

――（彼女も忙しいのかな、もう仕事には慣れたっていってたけど。やっぱり力仕事だし、そらア疲れもするよな。そんなしょっちゅうメールしたりとか、電話したりとか、そんなの、気分の乗らなかったりする日だってあるよなア。うん、亜由美も頑張ってるんだろう、俺も見習って頑張んなきゃ）……

――（幾ら仕事がキツィっていってもメールする時間もない？　電話する時間もないのか？　本当かよ！　いや、フツウ、好きだったら、一寸《ちょっと》くらい声が聞きたくなったりするもんなんじゃないのか？　俺は声が聞きたくて堪らないってのに、何んで！　何んか、個室じゃないから？　いッつも近くに人が居るっては言ってたけど？　だから電話出来ないっていうんだったら、屋外に出て電話すればいいだけの、そんな簡単な話じゃないか！　俺はお前の彼氏だろ？　俺はこんな暗いところに独りで居るんだぞ、『今日も元気？』って、そんくらいのことを何んでしてくんないんだよ、おかしいじゃないか！）……

――（どうして俺はこう疑ってばかり居るんだろう。本当にどうしようもない……、亜由美ごめんよ。亜由美だって疲れてたりするんだろう、彼女は案外気ィ遣いなところもあるから。それで早く寝てたりだってするだろう、そうだよ、屹度《きっと》今頃はぐっすり寝てるよ、さあ俺ももう寝よう。彼女が元気でやって居れば、それだけで充分じゃないか。これからは、ヘンなことを考えたら、そういうふうに思うようにしなきゃ。おやすみ、亜由美）……

――（おかしい！　何んでメールの返事もしない？　おかしい、おかしいぞ！　此奴《こいつ》、絶対何かしら俺に隠れてやってるに違いない！　また島の奴等と、飲み会だか何んだか知らんけどそんなところで、誰かに色目《いろめ》遣ったりしてるんじゃないか！　俺には分かる、此奴はやっぱりそんな女だった！　そうだ、此奴は前からそんな女だった！）……

――（ああ、悪かった！　真実《ほんと》に俺は最低な男だ！　何んで亜由美を信用してあげない！　あんまりだ！　勝手に妄想して勝手に怒って、以前《まえ》に気持が疲れてるっていってた亜由美を虐《いじ》めて、真実《ほんと》に最低だ！　もう俺からはなるべく電話もメールもしないようにしよう。それで亜由美から連絡が来るのを待つことにしよう。それがお互いにとって一番いい方法なんだ、もう迷惑かけない、ごめんよ亜由美、俺は君が元気で過ごすの願うよ、本当に済まなかった……）……

――（クソ、クソッ！　やっぱり彼奴《きゃつ》はもう俺のことが好きじゃないんだ！　毎回毎回俺のほうから連絡して、彼奴から俺に連絡して来ることがあったか！　いいや、ない！　あのクソ阿婆《あば》擦《ず》れ野郎！　やっぱり思った通りになった！　彼奴が島に行くって言ったときから何かイヤな予感がしてたんだ、俺にしたみたいに誰かを誘惑するんじゃないかって思ってたんだ！　屹度《きっと》、隠れて何かしてやがるんだ！　何してやがるんだ亜由美！）……

――（もうこんな無益《むだ》なこと考えて苦しくなるのは止めよう。何んでこんなことばっかり考えてしまうんだろう？　俺は本当に亜由美が好きなのか？　本当に好きなら、何んであの娘を信用してあげない？　もし、俺が考えるような、イヤなほうになったとしても、本当にあの娘が好きなら、あの娘が幸福《しあわせ》ならそれでいいって思わなきゃいけないんじゃないのか？　今の俺には、あの娘の幸福を願うことくらいしか出来ないじゃないか、それで充分なんじゃないか。俺が今しなきゃいけないことは、お遍路を全部歩いて終わらせること。それと自分の気持を抑えること。こんなに人に優しくされてるのに、もうこんなイヤな気持になりたくない。俺は、彼女を、これ以上傷つけたくない、俺だって、傷つきたくない）……

——（あの野郎、嘗《な》めやがって！　もう三日、俺は我慢した、我慢した！　何んで連絡を寄越《よこ》さない？　俺が嫌いなのか？　何んで俺ばっかりこんな苦しまなきゃなんないんだ！　ふざけんな！　俺だけが苦しむなんて、そんなのおかしいじゃないか！　俺だけがこんな苦しい思いして、彼奴《きゃっ》が楽しそうにしてるのを想像するともう我慢ならない！　俺が苦しむなら彼奴も苦しまなきゃならない！　クソッタレ、もうこうなったら俺の苦しみをお前にも与えてやるからな！　俺が従来《これまで》受けて来た苦しみがどんだけのものか、お前にも理解《わか》らせてやるからな！）……

——（屹度《きっと》亜由美ももう俺のことがイヤになってるだろう。俺だって、こんな自分がイヤでイヤでどうしようもないんだ。栄子の気持が今になって分かるよ、あの娘には本当に悪いことをした。今度は俺が同じようになってる。亜由美があのときの俺と同じような気持なら、屹度俺のことを面倒くさく思ってるだろう。話すことなんか大してないのに、電話とかメールとかしょっちゅうして来て鬱陶《うっとう》しい、……俺だって、何んで電話掛けてしまったんだろうって、切ったあとじゃア滅茶苦茶イヤな気持になって。自分でもわけがわかんないんだよ、本当はこんなふうにしたくないんだ。亜由美は亜由美の時間を過ごしてるんだ、俺も俺の時間を過ごさなきゃなんないのに、もうこういったことは本当に止めなきゃ、このままじゃ俺がどうにかなっちまう。もう電話番号もメールアドレスも消したほうがいいかな……、自分からは連絡できないようにしたほうが、俺のためにもいいんじゃないかな……）……

――（アア、ダメだダメだダメだダメだ、全部打《ぶ》ち壊しだ！　何んだと？　期間が終わったのに島に残る？　社長がそういったから？　ふざけんなよ、嘘吐き奴《め》！　どうせお前のことだ、社長と関係を持っちまったんだろ！　クソ！　俺のことを見捨てやがって、それでその男なんかと二人で、俺のことなんかすっかり忘れて、笑ってやがるんだろう！　ふざけんなよクソが！　絶対に許さんぞ、この裏切り者！　裏切り者奴《め》！）……

――（今日も気持の好い天気だった。朝会ったおばちゃん、ありがとう、ありがとう、ただ歩いてるだけの俺に、こんなに優しくしてくれてありがとう。俺は、生きてるんじゃなくて生かされてるんだ。自分の力なんて大したもんじゃない。亜由美、ありがとう、俺はもう大丈夫だ、またいつかどこかで、会うことがあれば、そのときは笑って会えたらいいな、さようなら亜由美、さようなら）……

――（ウウウ！　全部消したのに、何んで、彼奴《きやつ》の電話番号が頭に残ってる！　アア、クソッ、電話を掛けたい、今すぐ声が聞きたい！　クソッタレ、もう俺達は、こうなったら一緒に死ななきゃならない！　俺がこうなったのはお前の所為《せい》だからな！　俺はお前を殺さなければならない、お前を滅茶苦茶に打ちのめして殺さなければならない！　そのとき俺自身のこの歪《ゆが》んだ感情も一緒に自殺するのだ！　それしか方法はない！　全部打《ぶ》っ壊して、殺してやる、殺してやる！）

……

＊　＊　＊

五月一日――この日の宿は例に依《よ》って善根宿のお世話になった、タクシー会社の二階の二間をお遍路さんのために提供してくれていて、シャワーもあって、洗濯も出来て、本当に有難かった。しかもこの日は私一人のみの利用だった。洗濯をさせてもらっている間、近くのスーパーで買って来た割引のお弁当を食べて、足を伸ばして一息つきながら室《へや》の中を見廻していると、外はすっかり夕方らしく、明々とした橙色の西日が、窓から斜めに室《へや》の中へ差し込んでいた。お堂のベンチで休憩していた午後三時半頃、もう亜由美には連絡しないと決めていたのに、その気持はほんの二時間も経たないうちに反転していた、最早この関係を終らせなければならない、そう思って電話を取った私は、このことに後悔はしないだろうか、と幾分にも戸惑いながら、しかし深く二三度深呼吸をすると愈々《いよいよ》をもって電話を掛けた。亜由美は直ぐに出た、しかし最早私達の間には既に話題もなく、疾《と》うに艶《つや》も失って、疲弊した時間だけが横たわっているような無益な通話といったものは、この場合も同じであった。亜由美はそうした空虚な時間に堪え兼ねて、早く切りたがった。私は亜由美に別れを告げる筈だったのだ、ところがやはり、たったそれだけのことすらも言い出すことが出来ずに居ると、ここで私が常日頃から探りを入れているような弁舌のために一寸《ちょっと》した言い争いが起《おこ》って、それが「もう貴方とは会うつもりがない」といった亜由美の言を引き金に喧嘩になった。私はその瞬間ここぞとばかりに、死にに行くような態《てい》で、死なばもろともといった破れかぶれの気持で、亜由美を口撃した。曾《かつ》ての疑惑をほじくり返して怒号し、それでも自分の感情は冷静なのだといい、仕舞いには「この気持悪りィ汚《きつたな》らしい売女《バイタ》が！　俺がこうなったのは全部手前《てめえ》の所為《せい》じゃないか！　手前《てめえ》が俺をこうしたんだよ、手前《てめえ》が俺をこうしたんだッ！　絶対に許さねえからな手前《てんめエ》……、人のことを弄《もてあそ》びやがって。手前《てめえ》みたいな奴はさっさとくたばっちまえよ、そのほうが俺みたいに気狂《きちが》いになる奴をこれ以上出さずに済むってもんだ、とっととくたばりやがれこの蛆虫《うじむし》がッ！」といったところで電話が切られた、私はすぐさまリダイヤル、通話中、間髪入れずにリダイヤル、通話中、激怒！　もういっちょ、電源が切られていた。私は茫然《ぼうぜん》とした気持で、褐色に染まる室《へや》の角の一点を見詰めて「これで、よかったんだよな？」と虚空に訊ねるも、真実《ほんと》に死んだほうがいいのは自分じゃないのか？　四囲《しい》の壁にびっしりと貼られた納《おさ》め札《ふだ》に、冷笑されているような感じがした。……

　その後、お遍路が終わって生家へと帰ってからも、私は幾度となく亜由美に電話を掛けていた、着信拒否されては居たけれども、着信履歴には表示されるだろうと思って。私はただそのとき、あの時分あれほど執拗に懐《いだ》き続けた彼女への憎悪なぞといったものは悉《ことごと》く消え失せて、ひたすらに、一言謝らせてほしいだけの気持だった。真実、謝ることさえ出来れば、私はそれでよかったのだと思う。彼女との未来を、もう夢見る必要はなかったのだから。しかしそうしたものも、依然として私の自己本位であったというだけでしかない。私は自分の懺悔が、自分の後悔が、謝罪の告白が、私の善行になるとでも思ったのか？　何んという愚かさだろう、何んという愚かな妄想だったろう。

五月も終りに近い或る日のこと、亜由美からショートメールが一通、携帯電話の画面に表示された。

「もう私には、あなたが怖くてたまらないの。そっとしておいてください。お願いします」

私はここで漸《ようや》く、彼女の気持を理解した。……

――あの当時、あれほど私が依存していた亜由美は、屹度生身《きっとなまみ》の亜由美、その本人ではなかったように思う。交信手段として持っていた筈の携帯電話、私はそこに亜由美を描き、そこに居る亜由美の偶像に依存したのだと思う。こんな機械こそ、あの当時、私が真っ先に棄《す》てなければならないものだったのだ。――

……菅笠《すげがさ》に惹起された、そういった想い出の切れ端を静観するような気持して、私は、またそっと胸の抽斗《ひきだし》に蔵《しま》い込んだ。そしてつくづくと、あの頃の罪深い自分は今の自分とは違う、と過去の悪癖の数々を思いながら、ごろりと仰向けになり組み合わせた掌に後脳を乗せて、茫然《ぼんやり》と天井張を見詰めた。しかしやはり、聴《やが》て巡り来る想念の行方が、現在も引続いている私の性質やその種々の行動なんかに触れたとき、私は自分の人生が常に同じ路《みち》を歩き、既に救い難いところまで来てしまったような気がしてならなかった。そしてふと、「人生はまた同じところに戻って来る」そんな言葉を思い出した。

遠縁

「これは要《い》るもの、これは？　捨てる？　勿体《もったい》ないけど、売ったら三百円くらいにはなると思うけど……」

と、二十歳前後の頃に蒐集していた漫画本やらレコードやらを選《よ》りながら、一向に片付く気配のない家の中を眺めやって、独りつまらない気持になった。朝から段ボール箱を片手に彷徨《うろつ》き廻って、自分ながらにかなり苦心して詰め込んだものだとは思うが、八十サイズの梱包が一つ、出来上がっただけで、こうしたものが一体何になるんだろう？　これをわざわざ東京に送ってまで、売ろうと思っているなんてことが……。最《も》う午後三時半過ぎ。明日のお昼前に、私は飛行機で東京へ戻らなければならないのだった。三月に取り壊しの、この生家の最後の片付けに、私は売れそうなものを探している……。

あれも駄目、これも駄目、シャツは黴《かび》だらけ、レコードも黴だらけ、本は煙草の脂《やに》と埃《ほこり》に塗《まみ》れている。そんなものを一々整理していると、元来《もともと》皮膚病を患っていたのも関係あると思うが、ひどく手の甲が痒《かゆ》くなった。それで、赤く、血の滲むまで掻きむしって、蠅《ハエ》のように手を擦《こす》ったりして、それから、何んや彼《か》やのイヤな臭気にも大分辟易《だいぶへきえき》させられていると、自分はあの、若かりし頃の、肌理《きめ》の悪い、貧乏な、守銭奴《しゅせんど》丸出しの浅ましい頃を思い出して、今も大して変わっとらんじゃないかと胸糞《むなくそ》悪い感じがしてならなかった。……

元日の午後一時に、やはり齢下《としした》の友達がやって来て、私をドライブに誘った。車で三十分、四方杉だらけの暗緑色した陰気な山道を登って行って、幽霊の出るというトンネルを抜けると、急な下り坂になって、木々の合間から、島々の浮かんだ海が見える、麓《ふもと》の火力発電所の突き出した煙突からは、ひっきりなしに白い煙が上がっている。坂を降りきって三叉路《さんさろ》を左に折れて、湾に沿った道を走って行った。道路の左右に点在する無人らしく半分朽《く》ちた家屋が、過疎の、色褪《あ》せた造花みたいな憐れな風情を、この地域にも添えていた。彼は、私とは縁もゆかりもない、ある港町の小さな神社へ行くのだった。

去年もこの神社で——といって、好んでそんなことして来た二人じゃないが——自分よりも御神籤《おみくじ》なんかを畏《おそ》れている彼に、折角だからやって見ようといって引かせてみたところが、こういったものはそうそう悪いのが出る筈《はず》がない、案の定、私は大吉で、「……大吉！ 大吉！ 素敵々々！」と葛西善蔵で読んだのの真似をして怒鳴ったが、彼は「矢《や》っ張《ぱ》りだ！」と語気を荒げて絶叫した。

……「去年おみくじ引いたら凶やったけど、今年はせめて吉になりますように！」

その去年に産まれた子を撮るために買ったという、仰々《ぎょうぎょう》しい一眼レフを得意そうに頸《くび》から提げて、苔の石段を滑りそうになって登りながら、彼は喘息もちの、息苦しそうな呼吸して言った。

「今度は、大凶だったら笑うね、それでこそ君だよ！」

と、私は彼を揶揄《からか》って言った。

財布から十円、彼にも十円を渡して、余り中身の入ってない、寂しい音がして、彼は長いこと手を合わせていた。

じめじめした暗い堂内の左右に置かれた長机の上の会報やら、子供会のチラシやらを手に取って、何やらの訓示なんかをそれとなく観廻《みまわ》っていると、「これはなんだろう？　これもおみくじ？」と隅のほうで友達が独言《ひとりご》ちているのでどれどれと近づいてみると、蓋《ふた》の開いた小さな木箱の中に、キーホルダーの金具の付いた、頭に細いストローらしいのの刺さった、親指大ほどの鹿爪《しかつめ》らしい顔した天狗が、二十個くらい入っている、中敷きの紙に「天狗おみくじ　三百円」と震えた筆文字で書いてあった。私はその一つを手に取って、

「おみくじって書いてあるね、どこに紙が入っているのかしら？」

「どこだろうね？　もしかしてこの中に入ってて、豚の貯金箱みたくトンカチで壊すのかしら？」と友達も一つ指で摘《つま》んで、訝《いぶか》しそうに口を尖らせて査定した。

「そうだとすると、勿体ないね！　僕、これを自分の土産にしようかなって思ったのに……」彼の言う通りのことを想像してみると、やはり幾分の落胆は禁じ得なかった。それでどうにかして中身を取り出せないものかしらと、頭のストローらしいのを一旦引き抜いてみて、穴の中を片眼《かため》で凝視してみるも、これがさっぱり見えない、光りの下に行って、頑張って覗いてみても矢っ張り判然としない、耳元で振ってもみたがそれらしい音もしない。で、仕方なしストローらしいのを頭に刺し戻したときに気が付いた。簡単なことと言うなかれよ君、こんな黄ばんでいる細い筒の中に器用に蔵《しま》われているだなんて！

私は初見から或る一つの天狗に狙いを定めていたのだ。それというのも、色塗りは手作業らしく、微妙に表情が違っているのだった。

「俺はこれにしよう」と友達が先に手を伸ばした。どうかそれでありませんように！　私は固唾《かたず》を飲んでその動向を見守る。「これがいい」と彼は箱の真ん中辺りから、発色の良い、真新しそうな、変哲もない顔したのを選んだ。私は実にほっとした。

「いやア実は僕ね、初めから決めてたのがあったんだ。もし君がそれを摑んだら失望するところだったよ」と、中でも取分けて古そうな、黄色味掛かって、色艶の悪い、しかもディテールの細かい、それだけに一番気味の悪いのを私が摑むと、

「ア！　俺もそれ気になったんだよね、けど一寸《ちよつと》家に持って帰ったら気持悪いかと思って止《よ》したんだよね！　だってね、それはさすがに娘が見たら泣くと思う！　さすが、先輩！」

と、今度は彼が私を揶揄《からか》った。

『このみくじにあたる人は、これまでフトした失敗の邪魔の出来るため立身することむづかしかれども、これよりおいおい立身すべきしるしあり……失物出がたし……待人来るおそし……えんだん、やうつり、ふしんその外あらそいごとなど子《ね》、丑《うし》の方の人のついてなせばよろずよし……この人は特に神仏念じてよし……』

私は一通り眼を通したがやはり小頸《こくび》を傾《かし》げて、自分の紙を彼に指し示しながら、「言ってることが一寸《ちょっと》僕には難しいよ。『子、丑の方の人のついてなせばよろずよし』って何の言葉だねこれは。しかもこれ、半吉だって！　半吉だなんて、そんなの君聞いたことある？」

彼はプッと吹き出した。その彼は去年よりは幾らかマシの末吉だった。……

いつか見たときは葉煙草を育てていた丘の道を登って行って、既《すで》に見晴らしの良い、展望台の下に彼は車を停めた。ここへも何度か来たことがあった。一寸人気《ひとけ》のない、暗い、風が哭《な》いてばかりいるような、寂しい場所なんだ。私としては、まず自分からは行く気にもならないような、敢えて言うなら余り好ましい場所じゃアないのだが、去年もたしか一昨年も、彼に連れてこられたのだった。この日は正月とあって外《ほか》にも車が二台停まっていた。若い家族連れが展望台に登っているのが見えた。車内で煙草を一本吸って、私達が登って行くと、彼等は早々と降りて来ていた。景色を見るといったところで、あそこが何島《なにじま》あそこが何島と、そんな、自分の脚で苦労して登って来たのなら感動するのも一入《ひとしお》なんだろうが、何んの苦労もせずに、ましてや思い入れも興味もないとなれば、感興を擽《くすぐ》られるほど人は耄碌《もうろく》している筈はないんだからね、つまり海だねとか寒いねとかそんなものだ。

色褪せた趣《おもむ》きのない空にぷかりぷかりと雲が浮かんでいる。陽は幾分にも傾いて、自分等の通って来た火力発電所のある方角の、緩《ゆる》やかな山並に沿って白い光りを投じている。丘には所々《ところどころ》家屋あり、その周辺に茶色く禿《は》げた畑あり、盛り上がった暗緑色した木々の合間に、ひげ根さながらの丸裸の木が混在している。海面は細波によって皺《しわ》が出来ている、海苔《のり》だか何だかの養殖らしい升目の形した生簀《いけす》が、島々に挟まれた沖合いに幾つも整然として並んでいる、そこから潮の筋が流れ出ている。肉割れした女の肌――海は女――といったことを私は想起した。……

「彼奴《きゃっ》もさ、何んでそんな女に熱《ねっ》入れてるんだろうねェ……。まァ別にさ、聞いた感じその女が何か悪いってことはないんだけどね、うん、まァ好き好きは自由なんだけどね、でもそんなさ、今までだって全然恋愛して来てないのに……、そう！　全然恋愛して来てないから一寸わからないんだろうね！　そんな子供連れた女なんかに熱入れてさ、これで結婚したりなんかしたら、あとになって絶対後悔することになるから！　もっと彼奴、恋愛を楽しんだほうがいいんだ！　ねエ！　独身のさ、もっと良い女だってね、居るじゃないか！　出会いがそんなないとか言ってもね、俺みたいにお見合いパーティに参加してみるだとかさ、幾らでもやりようがありそうなもんじゃないか！」

と、両側に樹木の茂る陰翳《いんえい》な坂道を、彼は稍《やや》前傾姿勢でハンドルを操作して下りながら、私にそう力説した。彼の数少ない唯一の友達、私ともう一人だけしかいない、その友達の恋愛観について、彼は愚痴めいて言うのだった。

私はそれを横目に聞きながら、やはり苦笑を禁じ得なかった。そして何に応《こた》えるでもなく、窓の外を眺めやって、木々の合間の深い暗がりへ寂しい意識を投げた。最早《もはや》彼のもっともらしく言うことには、何んの共感も持ち得なかった。結婚して、子供を持って、彼自身も生まれ変わったのだ！　一端《いっぱし》の世人《せじん》として！

元《もと》来た道でない方角の湾沿いをぐるっと廻って、途中凡《およ》そ百年くらい以前《まえ》に建てたらしい教会の中に入ってみたり、足湯のある広場へも行ったりして、彼は随所を写真に収めて、日も落ちかけた、確か五時前だったと思う、私達は団地に帰って来た。彼は私の室《へや》には寄らないで、「有難う！　今日は楽しかった！　まだこっちに暫《しばら》く居るならまたドライブしようね！　連絡するから！」と言って帰って行った。彼が別れ際に見せた寂しい微笑《びしょう》が、私の心に――彼は友達になった当初から、私に対して親切で、誠実で、真実の兄弟のように心優しくあったことを思い出させた。私は、彼の車の後姿《うしろすがた》を見送りながら、彼のこれからの幸福を、しんみりした気持で祈らずには居れなかった。

父と母と妹と妹の子の居る居間で夕飯を囲んでいるときに、テレビの特番かなんかでどこぞの坊さんが出て来た、それが正月の初詣に因《ちな》んだものらしく賽銭にまつわる話をしていたのだった。五円はご縁がありますように、それだけは私も聞いたことがあった。穴が開いていることから、先の見通しが良い、そんなことも付け加えた。しかし、十円は遠縁《とおえん》――縁が遠のくと言って、賽銭するには良くないということらしかった。私はぼんやりした気持で、その語呂合わせの文句を聞きながら、お遍路さんしていた時分から、財布に五円玉が入っていることだって、そう毎度毎度にある筈がないのだから、それが十円なら大体は入っている、つまりそういったことから、十円を入れる習慣になったというわけだったのだ。

方々《ほうぼう》で、自分の願うことは、各々の顔を思い浮かべて「彼等が健康で、元気で、幸福でありますように！」と念じて来たこれまでが、全て台無しにされたような感じだった。それも知らず知らずとは言ったところで、各々の顔を浮かべて――自《みず》から、彼等との縁を遠退《とおの》かせてしまって居たような、そんな気がしてならなかった。……

「要るか要らないかわからないから……」

生家に一人で暮らす母が、私のものをコツコツとまとめてくれていたらしい、その段ボール箱の中をほじくり返してみて、これも以前、煙草のノベルティで貰ったブリキのカートンケースの中に、私が二十五六の頃、矢鱈《やたら》と撮っていた写真の束が蔵《しま》ってあった。それを一枚一枚と見返してみて、しみじみとするよりも、何《ど》うしてこんな仕様もないものを面白がって撮っていたのかしら、そんなふうな自分の才能のなさと、その当時は、自分はどこか一角《ひとかど》のものであるのに違いないといったような、そんな如何《いか》にも自信あり気な写真が、今の私から見るに一笑に付す感じだった。

写真の中で、笑っている、あの頃の僕の親友達よ！　陽光に照らされ、眩《まぶ》し気な顔して、また僕へ向かって微笑《ほほえ》みかける、優しき兄弟達よ！　いつまでも健康で、元気で、幸福であれよ！

私はそうした写真を見終わって、最早特別の感情もなく、ゴミ袋の中へ破り捨てた。……

あとがき

学もないうえに、説明することだって苦手な私が、ここで何かしらこの本についてのあとがきをするというのは何んという重荷だろう。そもそも、あとがきというのも初めてのことで、何を書いたらよいのかさっぱり分からない、全く困ったものである。それで、家にある本の中から参考にしてみようと数冊引っ張り出して見てみたところが、それが、やれ何処そこの文芸誌からの運びで云々とか、やれ何処そこの編集長のお声がけで云々とか、そんなことばかりが書いてあって、やはりこうしたものは私の場合と何分違うということで、何んの参考にもしないと決めた。

それはさておき、とりあえず作品のことから。

この本に収められた「自滅」は二〇一八年頃に書いたもの、「遠縁三部作」の作中で現在と表せられる年表は二〇一九年の暮れから二〇二〇年の一月初旬にかけての話である。確か、丁度その時分に第一部に着手して、それからようやっと原文を書き終えたのが二〇二二年の六月だった。つまりこの間には世界的にも種々の事柄があり、また自分の身のうちにもそれに伴う変革があった。そうしたことから、この作には随分と雑駁《ざっぱく》した想念が紛れ込んでいるだろうと思う。

とはいえ、それで個人の根本的性質が変わるかといえばそうでなく、むしろ昨今の騒動によって明確になった点は数多くあり、私はそうしたことと、作中当時の行動や心境を回想して分析することで、自分の人間性といったものを俯瞰的に観察した。そしてそれを正直に書いた、しかし正確な事実を書いたというわけではないことをここに付け加えておく。

これまでの人生をそろそろ勘定していかなければならない、そんな気持が私にこれらを書かせた。またこうしたものを書くからには、その種の嘘偽りを禁じることを肝に銘じて、血でもって書く作家の本分として取り組んだ。結果それは私の家族を、友を、愛する人達を、傷つけることになっただろうか。許してくれというほかにない。

なお、カバーの写真は二〇一七年五月に写した生家の庭である。それも二〇二〇年の三月、生家と同じく取り壊された。その話はまたいずれ——

＊

このたび自分の第一創作集を刊行していただいた幻戯書房代表の田尻勉さん、そして改稿するにあたり大変尽力してくださった編集部長の田口博さん、御二方には厚くお礼を申し上げます。

二〇二三年二月九日

尾崎　渡

尾崎　渡（おざき　わたる）

一九八二年一月十七日、長崎県
北松浦郡（現佐世保市）生まれ。
東京都杉並区在住。